AF460105

N.***

1879 - Juin - 4

CATALOGUE

DES

LIVRES MODERNES

DE LA

BIBLIOTHÈQUE DE M. N***

DONT LA VENTE AURA LIEU

Le Mercredi 4 *Juin* 1879 *et jours suivants*

A 7 HEURES 1/2 PRÉCISES DU SOIR

Rue des Bons-Enfants, 28 (maison Silvestre)

SALLE N° 1

Par le ministère de Me MAURICE DELESTRE, commissaire-priseur,
Successeur de M. DELBERGUE-CORMONT
Rue Drouot, 27.

PARIS
ADOLPHE LABITTE
LIBRAIRE DE LA BIBLIOTHÈQUE NATIONALE
4, rue de Lille, 4

1879

PARIS

TYPOGRAPHIE GEORGES CHAMEROT

19, RUE DES SAINTS-PÈRES, 19

CATALOGUE

DES

LIVRES MODERNES

DE LA

BIBLIOTHÈQUE DE M. N***

CONDITIONS DE LA VENTE

La vente se fait expressément au comptant.

Les acquéreurs paieront 5 0/0 en sus des enchères, applicables aux frais.

Il y aura exposition, chaque jour de vente, de 2 à 4 heures.

Le libraire, chargé de la vente, remplira les commissions des personnes qui ne pourraient y assister.

Voir l'ordre des vacations à la fin du catalogue.

Paris. — Typ. G. Chamerot, 19, rue des Saints-Pères. — 8018.

CATALOGUE

DES

LIVRES MODERNES

DE LA

BIBLIOTHÈQUE DE M. N***

DONT LA VENTE AURA LIEU

Le Mercredi 4 Juin 1879 et jours suivants

A 7 HEURES 1/2 PRÉCISES DU SOIR

Rue des Bons-Enfants, 28 (maison Silvestre)

SALLE N° 1

Par le ministère de Me MAURICE DELESTRE, commissaire-priseur,
Successeur de M. DELBERGUE-CORMONT
Rue Drouot, 27.

PARIS
ADOLPHE LABITTE
LIBRAIRE DE LA BIBLIOTHÈQUE NATIONALE
4, rue de Lille, 4

1879

CATALOGUE

DES

LIVRES MODERNES

DE LA BIBLIOTHÈQUE DE M. N***

THÉOLOGIE.

1. Biblia pauperum nach dem Original in der Lyceumsbibliothek zu Constanz, von Pfarrer Laib und Decan Dr Schwarz. *Zurich*, 1867, in-4, fig. demi-rel. dos et coins de mar. brun, tête dor. éb. (*Allô.*)

2. El Miserere parafraseado in decimas Castellanas segun el espiritu del real profeta David, por el. V. P. Fr. Diego de Cadiz. *Lyon, N. Scheuring*, 1867, in-12, portr. en feuilles.

3. Les Évangiles annotés, par Proudhon. *Bruxelles*, 1866, in-12, br.

4. Les Censures des théologiens de Paris, par lesquelles ils avoyent faulsement condamné les Bibles imprimées par Robert Estienne, avec la réponse d'iceluy Robert Estienne. *S. l., l'Olivier de Rob. Estienne*, 1552 (*Genève, J.-G. Fick*), 1866, in-8, vélin, n. r.

5. Les Apôtres, par Ernest Renan. *Paris, Michel Lévy*, 1866, in-8, br.

   PREMIÈRE ÉDITION.

6. La Mort de Jésus, révélations historiques sur le véritable genre de mort de Jésus, etc..., par le D. Ramée. *Paris, Ed. Dentu*, 1863, in-8, br.

7. Officium beatæ Mariæ Virginis secundum usum Romanum. *Marque d'Antoine Vérard, à la signature N.* 8, in-8, v. br.

   Exemplaire SUR VÉLIN. Ces Heures, entourées d'encadrements très-ordinaires, sont incomplètes d'un feuillet et du cahier préliminaire.

8. **Jehan Foucquet.** Heures de maistre Estienne Chevalier, trésorier des rois Charles VII et Louis XI. *Paris, L. Curmer*, 1867, 2 part. in-4, fig. et pl. en liv.

9. Exercice de dévotion, contenant les Prières du matin, etc. *A Troyes, s. d.*, in-12, fig. br.

10. Vray Discours du règne de l'Antechrist, de la consommation du monde, etc., traduit du grec de saint Hippolyte, par N.-L.-C. *Paris, Robert Coulombel*, 1579, in-8, vélin.

11. Traité de saint Bernard, premier abbé de Clervaux, de l'Amour de Dieu, traduit en françois par le R. P. de Saint-Gabriel. *Paris, Académie des bibliophiles*, 1867, in-12, br.

12. Catéchisme, c'est-à-dire le formulaire d'instruire les enfans en la chrestienté, faict en manière de dialogue où le ministre interrogue et l'enfant respond, par Jehan Calvin. *S. l., l'Olive de Robert Estienne*, 1553 (*Genève, impr. de Jules-Guillaume Fick*, 1853), in-12, br.

13. Sermons choisis de Bossuet, de Bourdaloue et de Massillon, contenant les principes de la foi et les règles de la vie chrétienne, avec une préface par M. Silvestre de Sacy. *Paris, Techener*, 1859, 5 vol. in-12, br.

Papier de Hollande; de la Bibliothèque spirituelle.

14. Le Livre de l'Internelle Consolacion, première version françoise de l'Imitation de Jésus-Christ, nouvelle édition, avec une introduction et des notes par MM. L. Moland et Ch. d'Héricault. *Paris, Jannet*, 1856, in-12, cart. n. r.

Rare.

15. Le Jardin des roses de la vallée des larmes, traduit du latin par J. Chenu, nouvelle édition. *A Paris, chez J. Gay*, 1863, in-12, demi-rel. dos et coins de mar. vert, tête dor. n. r.

16. La Béatitude des chrestiens de Geoffroy Vallée. Réimpression sur l'exemplaire unique de la bibliothèque Méjanes, avant-propos par un bibliophile. *Paris, Librairie des bibliophiles*, 1867, in-8, br.

Réimpression à 120 exemplaires.

17. État de l'homme dans le péché originel, où l'on fait voir quelle est la source et quelles sont les causes et les suites de ce péché dans le monde. *S. l., impr. dans le monde*, 1714, in-12, mar. rouge, dos orné, fil. tr. dor. (*Rel. anc.*)

18. Les Tableaux de la pénitence, par messire Antoine Go-

deau. *Jouxte la copie, à Paris, chez Thomas Jolly, s. d.*, in-12, fig. veau fauve, fil. tr. dor.

Ouvrage orné de 22 gravures et recherché.

19. Le Chapelet de virginité, précédé d'une introduction de M. Louis Veuillot et suivi d'un glossaire, par M. Fréd. Godefroy. *Paris, Muffat*, 1862, in-12, br.

20. Tableau des saints, ou Examen de l'esprit, de la conduite, des maximes et du mérite des personnages que le christianisme révère et propose pour modèles (par le baron d'Holbach). *A Londres*, 1770, 2 vol. in-8, br.

21. La Manière de se bien préparer à la mort par des considérations sur la Cène, la Passion et la mort de Jésus-Christ, avec de très-belles estampes emblématiques expliquées par M. de Chersablon. *A Anvers, chez George Gallet*, 1700, in-4, front. et fig. mar. la Vall. tr. dor. (*Allô.*)

Superbe exemplaire. Les figures de Romain de Hooge sont en très-belles épreuves.

22. Du Vray Usage de la croix de Jésus-Christ, par Guillaume Farel, suivi de divers écrits du même auteur. *Genève, impr. de J.-G. Fick*, 1865, in-8, vélin, n. r.

23. L'Enfance de Jésus, tableaux flamands, poème tiré des compositions de Jérôme Wiérix, par L. Alvin, avec quatorze planches et une notice biographique sur les trois frères Wiérix, graveurs du XVIe siècle. *Paris, A. Aubry*, 1860, in-8, fig. demi-rel. dos et coins de mar. brun, tête por. éb. (*Capé.*)

24. Mémorial religieux et biblique, ou Choix de pensées sur la religion et sur l'Écriture sainte, par G. P. (Gabriel Peignot). *Dijon, V. Lagier*, 1824, in-12, br.

25. De l'Abus des nudités de gorge, par l'abbé Boileau. *Gand, Duquesne*, 1857, in-12, br.

26. Parallèle de la doctrine des payens avec celle des jésuites, et de la constitution du pape Clément XI (par le P. Fr. Boyer). *A Amsterdam*, 1726, in-12, vélin, n. r.

27. Fantaisies théologiques, par A.-S. Morin. *Paris, Lechevalier*, 1872, in-8, br.

28. Traitté des reliques, ou Advertissement très-utile, etc., par J. Calvin. *A Genève, par Pierre de la Rovière*, 1599 (*J.-G. Fick*, 1863), in-8. br.

29. In hereticis coercendis quatenus progredi liceat : Celsi Senensis disputatio. *Christlingæ*, 1577, in-8. — Quæs-

tionum et responsionum christianarum pars altera, quæ est de sacramentis, a Theodoro Beza. *Genevæ, Eust. Vignon*, 1576, in-8. — Doctrinæ de Cœna domini orthodoxa expositio comprehensa homiliis quatuor, et loco confessionis edita, autore Leonharto Krentzheim. *S. l.*, 1574, in-8, en 1 vol. in-8.

30. Le Tombeau de la messe, par David Derodon. *A Genève*, 1659, in-12. — Dispute de la messe, ou discours sur ces paroles : Ceci est mon corps (par Daniel Derodon). *A Genève, chez Philippe Albert*, 1662, in-12, en 1 vol. in-12, basane.

Le premier de ces deux ouvrages, qui est très-rare, est défectueux.

31. Epistre de Jacques Sadolet, cardinal, envoyée au Sénat, et peuple de Genève, etc.; avec la réponse de Jehan Calvin, translatée de latin en françois. *Genève, J.-G. Fick*, 1860, in-12, br.

32. Histoire politique des papes, par F. Lanfrey. *Paris, Hingray*, 1860, in-12, br.

33. Saint Bernard, abbé de Clairvaux, et les abbayes de Cluny et de Citeaux, par M. Capefigue. *Paris, Amyot*, 1866, in-12, portr. br.

34. Mystères de l'inquisition et autres sociétés secrètes d'Espagne, par M. V. Féréol, avec notes historiques et une introduction de M. Manuel de Cuendias, illustrés de 200 dessins par les artistes les plus distingués. *Paris, Boizard*, 1845, in-8, fig. cart. toile.

Première édition, avec les figures.

35. Les Congrégations religieuses dévoilées, par Ch. Sauvestre. *Paris, Dentu*, 1870, in-12, br.

36. Traicté du Célibat des prestres, par Urbain Grandier, curé de Loudun ; opuscule inédit, introduction et notes par Rob. Luzarche. *Paris, René Pincebourde*, 1866, in-12, front. en ff.

Peau de vélin, frontispice en 3 états.

37. Histoire des effects admirables de la manne envoyée du ciel, et du Sainct-Cierge apporté par la Vierge au reverendissime euesque de la ville et cité d'Arras. *Jouxte la copie, à Tolose, par Pierre d'Estey*, 1644, in-8, de 4 ff. demi-rel. dos et coins de mar. bleu, tr. dor.

38. Précis historique des ordres religieux et militaires de Saint-Lazare et de Saint-Maurice avant et après leur réunion, par le Ch. L. Cibrario, traduit de l'italien par

H. Ferrand. *Lyon, impr. L. Perrin*, 1860, in-8, fig. br.

4 figures, dont 3 très-bien coloriées.

39. Vie de très-haulte, très-puissante et très-illustre dame Mme Loyse, de sa vie, religieuse au convent de Mme Saincte-Claire d'Orbe, etc., précédée d'une notice et suivie de documents, par l'abbé Jeanneret. *Genève, J.-G. Fick*, 1860, in-8, br.

40. Advis et devis de la source de l'idolâtrie et tyrannie papale, par quelle practique et finesse les papes sont en si haut degré montez, etc., par François Bonivard. *Genève, J.-G. Fick*, 1856, in-8, fig. vélin, n. r.

41. Le Sommaire de Guillaume Farel, réimprimé d'après l'édition de 1534 et précédé d'une introduction par J.-G. Baum. *A Genève, J.-G. Fick*, 1867, in-12, vélin, tête dor. éb.

42. Ordonnances ecclésiastiques de l'église de Genève. *A Genève, chez les frères de Tournes*, 1735, in-8, dérel.

43. Collection des lettres sur les miracles écrites à Genève et à Neufchâtel, par M. le proposant Théro, etc. (composées par Voltaire). *A Neufchâtel*, 1767, in-12, mar. rouge, encadrement de fil. tr. dor. (*Rel. anc.*)

Superbe exemplaire, reliure très-fraiche.

44. Histoire véritable et digne de mémoire de quatre Jacopins de Berne, hérétiques et sorciers, qui y furent bruslez, etc. *S. l.*, 1549. (*Genève, Fick*, 1867), in-4, br.

Réimprimé à petit nombre.

45. Confession de foy, faicte d'un commun accord par les fidèles qui conversent és Pays-Bas, etc. *S. l.*, 1561 (*Genève, J.-G. Fick*, 1855), in-12, br.

Réimpression textuelle.

46. L'Ordre du collège de Genève. *L'Olivier de Rob. Estienne* (*Genève, Fick*, 1859), in-4, br.

Réimpression à petit nombre.

---

47. Le Talmud, par Emanuel Deutsch, traduit avec autorisation de l'auteur par Théophile Baudanas. *Paris, Acad. des bibliophiles*, 1868, pet. in-4, br.

48. Le Coran, traduit de l'arabe, accompagné de notes et précédé d'un abrégé de la vie de Mahomet tiré des écrivains orientaux les plus estimés, par Savary. *Paris, Knapen*, 1782, 2 vol. in-8, veau écaille.

49. Recherches historiques et critiques sur les mystères du paganisme, par M. le baron de Sainte-Croix; seconde édition, revue et corrigée par M. le baron Silvestre de Sacy. *Paris, chez de Bure*, 1817, 2 vol. in-8, br.

Cet intéressant ouvrage parut d'abord sous le titre de : Mémoires pour servir à l'histoire de la religion secrète des anciens peuples. Cette édition est beaucoup plus complète que la première.

50. Études et recherches scientifiques et archéologiques sur le culte de Bacchus en Provence au XVIIIe siècle, par le chevalier Apicius à Vindemiis. *Toulon*, 1860, in-8, br.

Volume imprimé sur papier de sept couleurs différentes.

JURISPRUDENCE.

51. Curiosités des anciennes justices d'après leurs registres, par Ch. Desmaze. *Paris, Plon*, 1867, in 8, br.

52. Le Bien public, pour le fait de la justice, par René Favre, précédé d'une étude biographique sur l'auteur et son époque, par Humbert Ferrand. *Lyon, Scheuring*, 1867, in-8, fac-simile.

53. De l'Origine de la signature et de son emploi au moyen âge principalement dans les pays de droit écrit, avec 48 planches, par M. C. Guigne. *Paris, Dumoulin*, 1863, in-8, pl. br.

54. Les Pénalités anciennes. Supplices, prisons et grâce en France, d'après des textes inédits, par Ch. Desmaze. *Paris, Plon*, 1866, in-8, fig. br.

55. Du Mandat de la commission et de la gestion d'affaires, par M. Domanget. *Paris, Marescq aîné*, 1866, 2 vol. in-8, br.

56. Le Gouvernement temporel des papes, jugé par la diplomatie française (Recueil de documents). *Paris, Dentu*, 1862, in-8, br.

57. Précis historique et analytique des pragmatiques, concordats, déclarations, constitutions, conventions et autres actes relatifs à la discipline de l'Eglise en France, depuis

saint Louis jusqu'à Louis XVIII, par Gabriel Peignot. *Paris, chez Ant.-Aug. Renouard*, 1817, in-8, br.

58. Les Mystères de la procédure, physiologie du palais de justice et du tribunal de commerce, par G. Pélin. *Paris*, 1866, in-12, br.

SCIENCES ET ARTS.

I. SCIENCES PHILOSOPHIQUES ET NATURELLES.

59. Élémens de la philosophie de Newton, mis à la portée de tout le monde, par M. de Voltaire. *A Amsterdam*, 1738, in-8, front. portr. et fig. veau marbr.

Un frontispice, un portrait, 25 vignettes et 25 culs-de-lampe, ainsi qu'un grand nombre de figures géométriques.

60. Lettres philosophiques sur l'origine des préjugés, du dogme de l'immortalité de l'âme, de l'idolâtrie, etc., traduites de l'anglais de J. Toland (par d'Holbach). *Londres*, 1768, in-8, demi-rel. dos et coins de mar. rouge, tête dor. non rog. (*Allô.*)

61. Vue philosophique de la gradation naturelle des formes de l'être, ou les Essais de la nature qui apprend à faire l'homme, par J.-B. Robinet. *A Amsterdam, chez Van Harrevelt*, 1768, in-8, fig. demi-rel. mar. rouge, tr. peign.

Ouvrage orné d'un grand nombre de curieuses figures.

62. Les Ruines, ou Méditations sur les révolutions des empires, par M. Volney. *Bourg, chez Gouyffon*, in-4, front. et carte demi-rel. veau rouge.

63. Le Véritable Livre de Job retrouvé par Pierre Leroux, nouvelle édition. *Genève, J. Leroux*, 1867, grand in-8, br.

64. Collection des moralistes anciens, dédiée au roi. *Paris, Didot l'aîné et de Bure*, 1782-95, 18 vol. pet. in-12, veau.

Bel exemplaire, collection bien complète.

65. Discours de la méthode pour bien conduire sa raison et chercher la vérité dans les sciences, par Descartes. *Tours, Ladevèze*, 1852, in-12, br.

Édition publiée par M. Victor Luzarche, à l'occasion de l'inauguration de la statue du grand philosophe sur l'une des places de la ville de Tours.

66. Les Caractères de Théophraste, traduits du grec, avec les Caractères ou mœurs de ce siècle, neuvième édition, revue et corrigée. *A Paris, chez Estienne Michallet*, 1695, in-8, portr. mar. brun, dos orné, compart. fil. tr. dor. (*Cuzin.*)

Dernière édition donnée par l'auteur et la plus complète.

67. Les Caractères de Théophraste, traduits du grec, avec les Caractères de ce siècle, par la Bruyère, nouvelle édition, collationnée sur les éditions données par l'auteur, etc., par Adrien Destailleur. *Paris, Jannet*, 1854, 2 vol. in-12, cart. n. r.

Un des plus rares ouvrages de la Bibliothèque elzévirienne.

68. Les Caractères de la Bruyère, avec dix-huit gravures à l'eau-forte par Foulquier. *Tours, Alfred Mame et fils*, 1867, in-4, portr. et fig. mar. rouge, dos orné, fil. tr. dor. (*Allô.*)

PAPIER DE HOLLANDE, très-rare.

69. La Comédie de J. de la Bruyère, par Édouard Fournier. *Paris, E. Dentu*, 1866, 2 vol. in-12, br.

PAPIER DE HOLLANDE.

70. La Morale des sens, ou l'Homme du siècle, extrait des Mémoires de M. le chevalier de Bar*** (ville). *A Londres*, 1794, in-12, demi-rel. mar. bleu, tête dor. n. r.

71. Le Pornographe, ou Idées d'un honnête homme sur un projet de règlement pour les prostituées, etc. (par Restif de la Bretonne). *A Londres, chez Jean Nourse*, 1769, in-8, veau.

Superbe exemplaire.

72. La Prudence humaine, ou l'Art de faire fortune dans le monde, rédigé en maximes, traduit de l'anglois sur la 24e édition de Londres, par James de La Cour; quinzième édition, revue et corrigée. *Se vend à Francfort-sur-le-Meyn*, 1755, in-12, demi-rel. veau fauve, tête dor. n. r. (*Petit, successeur de Simier.*)

73. La Servitude volontaire, ou le Contr'un, par La Boétie, réimprimé sur le manuscrit d'Henry de Mesmes par D. Jouaust. *Paris, Librairie des bibliophiles*, 1872, in-12, br.

74. Le Breviere des courtisans, enrichy de figures, par le sieur de Laserre. *Rouen, Jacques Besongne*, 1630, pet. in-8, front. et fig. mar. brun, jans. tr. dor. (*Hardy.*)

PREMIÈRE ÉDITION.

75. Traicté politique, composé par William Allen, Anglois, et traduit nouvellement en françois, où il est prouvé par l'exemple de Moyse et par d'autres livres hors de l'Ecriture, que tuer un tyran n'est pas un crime. *Lugduni, anno* 1658, in-12, demi-rel. n. r.

PAPIER FORT. Réimpression faite en 1793.

76. La Politique naturelle, ou Discours sur les vrais principes du gouvernement (par le baron d'Holbach). *Londres*, 1773, 2 tomes en 1 vol. in-8, veau marbré.

77. L'Honneste Homme, ou l'Art de plaire à la cour, par le sieur Faret. *A Yverdon*, 1649, in-12, vélin.

78. Systême de la nature, ou des loix du monde physique et du monde moral, par M. Mirabeau (le baron d'Holbach). *Londres*, 1770, 2 vol. in-8, veau marbré.

79. La Terre avant le déluge, par Louis Figuier, ouvrage contenant 25 vues idéales de paysages de l'ancien monde, dessinées par Riou, etc. *Paris*, *Hachette*, 1863, in-8, fig. et cartes, demi-rel. mar. brun.

PREMIÈRE ÉDITION.

80. La Brave Médecine de maistre Grimache qui guarit de tous maulx, etc. *S. l. n. d.*, in-12, goth. br.

Réimpression à 60 exemplaires.

81. L'Escole de Salerne, en vers burlesques (par Martin). *Troyes et Paris, chez la veuve Oudot, s. d.*, in-12, br. rogné.

82. Le Médecin de soi-même, ou l'Art de se conserver la santé par l'instinct (par Jean Devaux). *Leyde, chez de Graef*, 1682, in-12, veau.

83. Vénus physique, sixième édition revue et augmentée. *S. l.*, 1751, in-12, veau marbré.

84. L'Art de connaître les hommes sur leurs attitudes, leurs gestes et leurs démarches, d'après Lavater, avec 32 planches coloriées. *Paris*, 1836, in-12, fig. col. br.

Jolies gravures coloriées.

85. Le Lavater des dames, ou l'Art de connaître les femmes sur leur physionomie, avec 30 planches coloriées, seconde édition. *Paris*, 1809, in-12, fig.

86. Le Lavater portatif, ou Précis de l'art de connaître les hommes par les traits du visage, sixième édition avec 33 planches. *Paris*, 1831, in-12, portr. demi-rel.

87. Les Bains de Bade au xve siècle, par Pogge, scène de mœurs traduite en français pour la première fois par Antony Méray. *Paris, Académie des bibliophiles*, 1868, in-12, br.

88. L'Année scientifique et industrielle, ou exposé annuel des travaux scientifiques, des inventions, etc., par Louis Figuier. *Paris, librairie Hachette*, 1863, in-12, br.

89. Le Grand Calendrier des bergers, composé par le berger de la grande montagne, etc. *A Troyes, J. Oudot, s. d.*, in-4, fig. demi-rel.

90. Le Chien, histoire naturelle. Races d'utilité et d'agrément, reproduction, éducation, etc., avec un atlas de 67 planches et 127 figures, par Eug. Guyot. *Paris, Firmin-Didot*, 1867, in-8, et atlas, br.

91. Discours de l'antagonie du chien et du lièvre, ruses et propriétés d'iceux, l'un à bien assaillir, l'autre à se bien deffendre, composé par messire Jehan du Bec, abbé du Bec. *S. l.*, 1593, in-12, br.

Réimpression donnée par M. Veinant et tirée à 62 exemplaires.

92. La Chasse dans la vallée du Rhin, Alsace et Bade, par M. Engelhard. *Strasbourg*, 1864, in-8, br.

93. Les Tripes, par deux Normands (G. Le Vavasseur). En Normandie, chez tous les libraires (*Paris, Aug. Ghio*, 1873), in-8, frontisp. br.

Papier de Hollande.

94. Les Vrayes Centuries et prophéties de maistre Michel Nostradamus; où se voit représenté tout ce qui s'est passé, tant en France, Espagne, Italie, Allemagne, Angleterre, qu'autres parties du monde, reveues et corrigees, etc., avec la vie de l'auteur. *A Amsterdam, chez Jean Jamson*, 1668, in-12, frontisp. grav. et portr. mar. rouge. dos orné, fil. tr. dor. (*Rel. anc.*)

Superbe exemplaire. Hauteur : 132 millim. Un des plus jolis volumes de la collection des Elzeviers.

95. La Prophétie de Rouellond de la Rouellondière de Chollet, manuscrit du xvie siècle, édité pour la première fois avec une préface, etc. *A Beauvais, chez Victor Pineau*, 1861, in-8, demi-rel. dos et coins de mar. rouge, tête dor éb. (*Allô.*)

96. Des Marques des sorciers et de la réelle possession que

le diable prend sur le corps des hommes, etc. *Lyon, Cl. Larjat*, 1611, in-8, br.

Réimprimé à très petit nombre.

97. Dissertation sur les maléfices et les sorciers, selon les principes de la théologie et de la physique, etc. *Lille, Leleu*, 1862, in-12, br.

Réimpression à 200 exemplaires.

98. Secrets magiques pour l'amour, octante et trois charmes, conjurations, sortilèges et talismans, publiés d'après les manuscrits de Paulmy par un bibliomane. *Paris, Académie des bibliophiles*, 1868, in-12, br.

99. La Chiromancie d'Edmond, première édition. *Paris, Aubry, s. d.*, in-12, fig. br.

100. Esprits du dogme de la Franche-Maçonnerie, recherches sur son origine, etc., par le F*** M*** R*** *Bruxelles*, 1825, in-8, pl. br.

101. Le Gnosticisme et la Franc-Maçonnerie, considérée dans son origine, son organisation, etc., ouvrage posthume de M. Ed. Hauss. *Bruxelles, H. Gœmaare*, 1875, in-8 broché.

102. Curiosités des sciences occultes, par P. L. Jacob. *Paris, Ad. Delahays*, 1862, in-12.

103. De la Démonialité et des animaux incubes et succubes, par le R. P. Sinistrari d'Ameno, publié par I. Liseux, seconde édition. *Paris, I. Liseux*, 1876, in-12 br. neuf.

II. ARTS DIVERS.

104. Chefs-d'œuvre des arts industriels, par Philippe Burty, céramique, verrerie, vitraux, émaux, métaux, etc., deux cents gravures sur bois. *Paris, Ducrocq, s. d.* 1866, gr. in-8, front. et fig. br.

105. Histoire de l'origine des inventions, des découvertes et des institutions humaines, par D. Ramée. *Paris, E. Plon*, 1875, in-8 br.

106. Les Grandes Usines industrielles en France a et l'étranger, par Turgan. *Paris, Michel Lévy*, 1868, in-8 broché et rel.

Nous n'avons que les quatre premiers volumes, c'est-à-dire les 80 premières livraisons. Les tomes Ier et IIe sont reliés, les IIIe et IVe sont en livraisons.

107. Discours admirable de l'art de terre, de son utilité, des

émaux et du feu, par M. Bernard Palissy. *Genève, impr. J. Fick*, 1863, in-8 br.

108. Nouveau Dictionnaire des marques et monogrammes des faïences, poteries, grès, etc., anciennes et modernes, reproduites avec leurs couleurs naturelles. 2,700 marques par Ris-Paquot. *Paris, Eug. Delaroque*, 1873, in-12 br.

109. Histoire des Faïences patriotiques sous la Révolution, par Champfleury. *Paris, E. Dentu*, 1867, portr. et pl. mar. rouge, dos orné, fil. tr. dor. (*Allô.*)

On y a ajouté un portrait de Champfleury sur chine volant, gravé par Bracquemont.

110. Manière de restaurer soi-même les faïences, porcelaines, cristaux, etc., par Ris-Paquot. *Paris, E. Delaroque*, 1872, in-12 br.

Ouvrage orné de 9 planches en couleur.

111. Xylographie de l'imprimerie troyenne pendant le XVe, le XVIe, le XVIIe et le XVIIIe siècle, précédé d'une lettre du bibliophile Jacob sur l'histoire de la gravure en bois, publiée par Varusoltis de Troyes. *Paris, Aubry*, 1859, in-4, fig. cart. n. r.

112. Catalogue raisonné des livres de la bibliothèque de M. Ambr. F.-Didot. Tome Ier, livres avec figures sur bois. *Paris, Didot*, 1867, in-8 br.

GRAND PAPIER.

113. Essai sur l'art de restaurer les estampes et les livres, etc., par A. Bonnardot, seconde édition, revue et augmentée. *Paris, chez Castel*, 1858. — De la Réparation des vieilles reliures, etc.; par A. Bonnardot. *Paris, Castel*, 1858. Ensemble 2 volumes in-12 br.

114. La Manière d'enter et planter en jardins. *S. l. n. d.*, pet. in-8, goth. fig. de 4 ff. en feuilles.

Réimpression fac-simile d'une édition publiée vers le milieu du XVIe siècle.

115. Les Jardins, histoire et description par Arthur Mangin, dessins par Anastase, Daubigny, V. Foulquier, Français, Freeman, H. Giacomelli, etc. *Paris, Alfr. Mame*, 1867, gr. in-4, front. et fig. cart. n. r.

PREMIÈRE ÉDITION.

116. Physiologie du goût, par Brillat-Savarin, illustrée par Bertall, précédée d'une notice bibliographique par Alph. Karr. *Paris, G. de Gonet, s. d.* (1851), in-8, fig. br.

117. La Cuisinière poétique, par M. Charles Monselet, avec

le concours de MM. Méry, A. Dumas, Th. de Banville, Th. Gautier, etc. *Leipsig, Alph. Durr. s. d.* in-8, portr. br.

De la collection Hetzel. Le portrait de Monselet est ajouté.

118. L'Art de faire le vin, par C. Ladrey, troisième édition. *Paris, F. Savy*, 1871, in-12 br.

119. Traité sur les vins du Médoc et les autres vins rouges et blancs du département de la Gironde, par W. Franck, quatrième édition, accompagnée de 26 vues de châteaux. etc. *Bordeaux, P. Chaumas,* 1860, in-8, front. et fig. et cartes, fig. br.

120. Leçons d'armes, par Cordelois. Du Duel et de l'Assaut. Edition illustrée de 28 planches et de 42 figures représentant les diverses positions de l'escrime, gravées sur acier par M. Brown. *Paris*, 1862, in-8, fig. br.

Mouillures.

121. Guide des amateurs d'armes et armures anciennes par ordre chronologique depuis les temps les plus reculés jusqu'à nos jours, par Auguste Demmin. Ouvrage contenant 1,700 reproductions d'armes et armures, 200 marques et monogrammes, etc. *Paris, veuve Renouard*, 1869, in-8, fig. br.

122. De la Chasse du Cerf, par le roi Charles IX; publié pour la première fois d'après le manuscrit de la bibliothèque de l'Institut, par Henri Chevreul. *Paris, Aubry*, 1859, in-8. portr. et fig. br.

123. Essai sur le duel, par le comte de Châteauvillard. *Paris, chez Bohaire,* 1836, in-8 br.

Rare.

BEAUX-ARTS.

---

124. Des Arts et des Artistes en Espagne jusqu'à la fin du XVIIIe siècle, par Edouard Laforge. *Lyon, impr. L. Perrin,* 1859, in-8 br.

125. Dictionnaire de poche des artistes contemporains, par

Théodore Pelloquet. Les Peintres. *Paris, Delahays*, 1858, in-18 br.

126. Histoire des artistes vivants, étude d'après nature par Théophile Silvestre, illustrée du portrait des artistes gravé à l'eau-forte. *Paris, E. Blanchard*, 1856, 11 livr. gr. in-8. portr. et fig. br.

127. L'Émail des Peintres, par Claudius Popelin. *Paris, A. Lévy*, 1866, in-8, fig. cart. n. r.

128. Manuel de l'amateur des tableaux, par de Lachaise. *Paris, librairie centrale*, 1866, in-12 br.

129. Petit Manuel d'art à l'usage des ignorants. La Peinture et la Sculpture, par Jean Dolent. *Paris, Lemerre*, 1874, in-12, front. fig. br.

Onvrage orné de six jolies eaux-fortes, par Eug. Millet.

130. Grammaire des arts du dessin, architecture, sculpture, peinture, jardins, gravure en pierres fines, etc., par M. Charles Blanc. *Paris, veuve Jules Renouard*, 1867, in-4, fig. br.

Exemplaire neuf.

131. De la Peinture et des Peintres des duchés italiens du XIIIe au XVIIIe siècle, par Edouard Laforge. *Lyon, imprimerie L. Perrin*, 1857, in-8 br.

132. Dix-neuf photographies. In-folio d'après les principaux tableaux du Musée de Madrid.

133. Catalogue complet d'eaux-fortes originales, composées et gravées par les artistes eux-mêmes avec planches, types divers. *Paris, Cadart*, 1873, 74, 76 et 78, 4 vol. in-12, fig. br.

Ces quatre catalogues sont ornés de 40 charmantes eaux-fortes par nos meilleurs artistes.

134. Équipages français. In-8 obl. demi-rel. pl. toile.

Sous ce titre, recueil de 22 photographies de chevaux de selle et d'attelages différents.

135. Album de la Gazette des Beaux-Arts. Cinquante gravures d'après les maîtres anciens et modernes. *Paris, s. d.*, in-fol. en feuilles.

Des cinquante gravures qui composent cet album, nous n'en avons que vingt-sept.

136. La Grande Danse macabre des hommes et des femmes, historiée et renouvelée du vieux gaulois, en langage plus poli de notre temps. *Troyes, chez J.-A. Garnier, s. d.* (1728), in-4, fig. cart.

137. La Grant Dance macabre des femmes que composa maistre Marcial de Paris, dit d'Auvergne, publiée pour la première fois par P.-L. Miot. *Paris, Bachelin-Deflorenne*, 1869, in-4, fig. br.

Tiré à 100 exemplaires.

138. Linguæ Vitia et Remedia, emblematice expressa, per D. Antonium a Burgundia. *Antverpiæ, apud viduam Cnobaert*, 1652, pet. in-12, obl. fig. vélin.

Petit livre dont les figures sont charmantes. Il a 10 ff. préliminaires et 191 pp. de texte en vers latins.

139. La Vie hors de chez soi (comédie de notre temps) : l'hiver, le printemps, l'été, l'automne, études au crayon et à la plume, par Bertall. *Paris, E. Plon*, 1876, gr. in-8, front. fig. et vignettes, demi-rel. dos et coins de mar. rouge. tête dor. n. r.

PREMIÈRE ÉDITION.

140. La Comédie de notre temps : la civilité, les habitudes, les mœurs, les coutumes, etc., études au crayon et à la plume, par Bertall. *Paris, E. Plon*, 1874, gr. in-8, front. cart. toile, n. r.

PREMIÈRE ÉDITION, charmantes figures de Bertall.

141. Scènes de la vie privée et publique des animaux, vignettes par Grandville. *Paris, J. Hetzel et Paulin*, 1842, 2 vol. gr. in-8, fig. et vign. cart. toile, éb.

Bel exemplaire de la première édition.
Le même. 1842, 2 vol. gr. in-8, demi-rel. chag. bleu.
Manquent quelques figures.

142. Traité de la gravure à l'eau-forte, texte et planches par Maxime Lalanne. *Paris, Cadart*, 1876, in-8, fig. br.

Nombreuses eaux-fortes.

143. Recueil de charges et de têtes de différens caractères, gravées à l'eau-forte d'après les dessins de Léonard de Vinci (par le comte de Caylus), précédé d'une lettre de M. Mariette sur ce peintre florentin, nouvelle édition, revue et augmentée. *Paris, Jombert*, 1767, in-4, front. fig. cart. n. r.

Rare.

144. La Doctrine des mœurs, qui représente en cent tableaux la différence des passions et enseigne la manière de parvenir à la sagesse universelle, par M. de Gomberville. *Paris, Jacques Le Gras*, 1688, in-12, fig. vélin, tr. dor.

145. Dessins de Victor Hugo, gravés par Paul Chenay, texte par Théophile Gautier. *Paris, Castel,* 1863, demi-rel. dos et coins de mar. rouge, n. r.

146. Album de 20 batailles de la Révolution et de l'Empire, d'après les aquarelles de M. Yung. *Paris, H. Plon,* in-4, obl. fig. col. demi-rel. pl. toile.

147. L'Abbaye des Vignerons, son histoire et ses fêtes, jusqu'à et y compris la fête de 1865, les toilettes de bal de 1783 à 1865, de nombreuses figures représentant la fête et un itinéraire de plusieurs promenades autour de Vevey, par un témoin oculaire des fêtes de 1819, de 1833 et de 1865. Vernes-Prescott; troisième édition, revue et augmentée. *Genève, s. d.,* in-8, fig. et pl. br.

148. Les Prussiens chez nous; eaux-fortes et distiques, par Martial. *Paris, Cadart, s. d.* in-fol.

Recueil de douze eaux-fortes tirées sur papier de Chine et montées sur bristol.

149. L'Illustration. In-4, en feuilles.

Collection complète des numéros de ce journal qui ont paru pendant le siège et la Commune.

150. Le Monde illustré. In-4, en feuilles.

Collection complète des numéros de ce journal qui ont paru pendant le siège et la Commune.

151. Habiti antichi et moderni di tutto il mondo di Cesare Vecellio, précédés d'un Essai sur la gravure sur bois par M. Ambr. Firmin-Didot. *Paris, Firmin-Didot,* 1860, 3 vol. in-8, fig. br.

Papier de Chine.

152. Tableaux de la vie, ou les Mœurs du dix-huitième siècle, nouvelle édition. *Londres,* 1791, 2 vol. in-12, fig. demi-rel. mar. vert.

153. Collection de soixante-quinze portraits pour le cardinal de Retz. In-8.

Il manque 11 pièces.

154. Recueil de quarante-cinq portraits gravés par Desrochers. Grand in-8, *broché.*

155. Collection de quatre-vingt-neuf portraits contemporains, gravés par les procédés de M. Ach. Collas, d'après les médaillons de David d'Angers. *Paris, Didier, s. d.,* in-4.

Il manque 36 portraits.

156. Quinze figures de Gustave Doré pour la Bible. In-fol.

Ce sont les figures supplémentaires qui parurent dans la seconde édition de la Bible publiée par Mame.

157. Neuf figures en travers de Fortin, pour les Œuvres de Boileau. In-4.

158. Six figures de Desenne et un portrait d'après Rigaud pour les Œuvres de Boileau. In-8.

Épreuves AVANT LA LETTRE sur chine.

159. Seize figures de Gravelot pour Tom Jones. In-12.

160. Quinze figures et trois titres gravés de Stothart pour Robinson Crusoé. Grand in-8.

Il manque le portrait.

161. Quarante-deux photographies pour Göthe et Schiller. In-4, montées sur bristol.

162. Douze figures en travers de Percier pour les Œuvres d'Horace. In-4.

163. Dix eaux-fortes de Henri Guérard pour l'illustration des Châtiments de Victor Hugo. Gr. in-8.

Épreuves AVANT LA LETTRE sur papier du Japon, avec la légende imprimée sur papier de soie en regard de chaque gravure.

164. Douze figures en travers de Percier pour les Fables de la Fontaine. In-8.

165. Douze figures de Bergeret pour les Fables de la Fontaine. In-4.

Épreuves AVANT LA LETTRE; on y a ajouté un portrait de Bergeret dessiné par lui-même et gravé par Claire Bergeret.

166. Cinq figures dessinées et gravées par Tony Johannot pour les Confidences de Lamartine. In-8.

Épreuves AVANT LA LETTRE.

167. Vingt-huit figures de Bida et un portrait d'après Landelle pour les Œuvres complètes d'Alfred de Musset. Gr. in-8.

168. Douze figures de de Sève et un portrait par Santerre pour les Œuvres de Racine. In-12, remontées in-fol.

Réduction des grandes figures de l'édition in-4.

169. Douze figures de Garnier, et un portrait par Santerre gravé par Aug. de Saint-Aubin, pour les Œuvres de Racine. In-8.

On a ajouté le fac-simile d'une lettre de Racine.

170. Douze figures et un portrait par Desenne, Prudhon, Gérard, Girodet et Tony Johannot, pour les Œuvres de Racine. In-8.

Épreuves AVANT LA LETTRE sur chine.

171. Douze figures et un portrait par Desenne, pour les OEuvres de Regnard. Gr. in-8.

Epreuves AVANT LA LETTRE sur Chine.

172. Dix-neuf figures de Desenne, pour les OEuvres de J.-J. Rousseau. In-8.

Épreuves AVANT LA LETTRE, rare.

173. Galeria de las mugeres de Jorge Sand, coleccion de 24 magnificos retratos, grabados en acero por H. Robinson; con un texto por el bibliofilo Jacob, traducido al Castellano por D. Eugenio de Ochoa. *Bruselas*, 1844, gr. in-8, fig. et vign. cart. n. rog.

174. Vingt-neuf figures pour les OEuvres de Mme de Sévigné, édition de Blaise, contenant les portraits, fac-simile et habitations, in-8.

Il manque cinq pièces.

175. Illustrations of Shakspeare's Works, containing one hundred and fifty engravings on steel and wood, adapted to all editions. *Paris, Baudry*, 1839, in-8, fig. br.

176. Galerie des personnages de Shakspeare reproduits dans les principales scènes de ses pièces, avec une analyse succincte de chacune des pièces, etc., par Amédée Pichot, précédée d'une notice biographique par Old Nick. *Paris, Baudry*, 1844, in-4, cart. tr. dor.

Ouvrage orné de 80 superbes gravures.

177. The Book of Shakespeare gems in a series of landscape illustrations of the most interesting localities of Shakespeare's dramas. *London, H. G. Bohn*, 1854, in-8, front. et fig. cart. n. rog.

178. Quatre-vingt-quatre fleurons de titre dessinés et gravés par Johannot pour les OEuvres de Walter Scott. In-8.

TIRAGE A PART SUR CHINE des charmantes vignettes qui se trouvent sur les titres de l'édition des Œuvres de Walter Scott en 84 volumes.

179. Un lot de gravures, eaux-fortes, portraits, photographies, caricatures du siège, etc.

---

180. Les Collectionneurs de l'ancienne France, notes d'un amateur (Edm. Bonnaffé). *Paris, Aug. Aubry*, 1867, in-8, br.

181. Les Collectionneurs de l'ancienne France, notes d'un amateur, par Edmond Bonnaffé. *Paris, A. Aubry*, 1873, broché.

182. Les Collections célèbres d'œuvres d'art, dessinées et gravées d'après les originaux par Edouard Lièvre, textes historiques par MM. F. de Saulcy, de Longpérier, Jacquemart, du Sommerard, *Paris, Goupil et Cie*, 1866, in-fol. fig. *en feuilles.*

Superbe exemplaire de ce riche ouvrage.

183. Construction d'une Notre-Dame au XIIIe siècle, suivie des comptes de l'œuvre de l'église de Troyes, etc. *A Paris, chez Aug. Aubry*, in-12, br.

183 *bis*. La Vierge, type de l'art chrétien; histoire, monuments, légendes, par Édouard Laforge. *Lyon, Scheuring*, 1864, in-4, cart. n. rog.

184. Curiosités musicales et autres trouvées dans les OEuvres de Michel Coyssard, de la compagnie de Jésus, par Thoinan. *Paris, A. Claudin*, 1866, in-12, br.

Tiré à 50 exemplaires.

BELLES-LETTRES.

I. LINGUISTIQUE.

185. Dictionnaire des abréviations latines et françaises usitées dans les inscriptions lapidaires et métalliques, les manuscrits et les chartes du moyen âge, par L.-Alph. Chassant, troisième édition. *Paris, Aubry*, 1866, in-12, cart. non coupé.

186. Essai analytique sur l'origine de la langue française et sur un recueil de ses monuments, par Gabriel Peignot. *Dijon, chez Victor Lagier*, 1835, gr. in-8, pl. br.

Tiré à 150 exemplaires.

187. Dictionnaire français illustré et encyclopédie universelle pouvant tenir lieu de tous les vocabulaires et de toutes les encyclopédies. Ouvrage orné d'environ 20,000 figu-

res, dirigé par B. Dupiney de Vorepierre. *Paris*, *Michel Lévy*, 1860, 2 vol. gr. in-4, fig. demi-rel. mar. brun, plats toile.

188. Dictionnaire de la langue française, par E. Littré. *Paris, librairie Hachette*, 1873, 4 vol. gr. in-4, demi-rel. dos et coins de mar. bleu, tr. jasp.

189. Études de philologie comparée sur l'argot et sur les idiomes analogues parlés en Europe et en Asie, par Francisque Michel. *Paris, F. Didot*, 1858, gr. in-8, cart. non rogné.

190. Dictionnaire de la langue verte, argots parisiens comparés, par Alfred Delvau, deuxième édition entièrement fondue et considérablement augmentée. *Paris*, *Dentu*, 1867, in-8, br.

PAPIER DE HOLLANDE, très-rare.

191. Advis et devis des langues, suivis de la Martigence, c'est-à-dire de la source du péché, par Fr. Bonivard. *Genève*, *J.-G. Fick*, 1865, in-8, vélin, n. r.

II. POÉSIE.

192. L'Iliade d'Homère, traduction nouvelle, par Leconte de Lisle. *Paris*, *Alphonse Lemerre*, 1867, in-8. — Odyssée d'Homère, hymnes, épigrammes, Batrakhomyomakhie; traduction nouvelle, par Leconte de Lisle. *Paris*, *Alphonse Lemerre*, 1868, in-8. Ensemble, 2 vol. in-8, br.

PAPIER DE HOLLANDE, tiré à 100 exemplaires.

193. Odes de Pindare, traduction nouvelle, par J.-F. Boissonade, complétée et publiée par E. Egger. *Grenoble*, *A. Ravanat*, 1867, in-12.

Tiré à 65 exemplaires.

194. Epigrammatum Joannis Owen Cambro-Britanni, editio postrema. *Lugd. Bat.*, *ex officina Elzeviriana*, 1628, in-24, titre gravé, mar. rouge, dos orné, fil. tr. dor. (*Rel. anc.*)

Bel exemplaire de cette rare édition.

195. Un Dit d'aventures, pièce burlesque et satirique du XIIIe siècle, publiée pour la première fois d'après le manuscrit de la Bibliothèque royale, par G.-S. Trébutien. *Paris*, *chez Silvestre*, 1835, in-8, br.

PAPIER DE HOLLANDE.

196. L'Advocacie Notre-Dame, ou la Vierge Marie plaidant contre le diable, poème du XIVe siècle en langue franco-normande, attribué à Jean Justice, chantre et chanoine de Bayeux, extrait d'un manuscrit de la bibliothèque d'Évreux, par Alph. Chassant. *Paris, Aubry,* 1855, in-8, demi-rel. dos et coins de mar. rouge, tête dor. éb. (*Capé.*)

197. Le Dit des Trois Pommes, légende en vers du XIVe siècle, publiée pour la première fois, d'après le manuscrit de la Bibliothèque du Roi, par G.-S. Trébutien. *Paris, chez Silvestre,* 1837, in-8, br.

PAPIER DE HOLLANDE.

198. Le Dit de Ménage, pièce en vers du XIVe siècle, publiée pour la première fois, d'après le manuscrit de la Bibliothèque royale, par G.-S. Trébutien. *Paris, chez Silvestre,* 1835, in-8, br.

PAPIER DE HOLLANDE.

199. Quand reviendra nostre Roy à Paris, ballade d'Eustache Deschamps, chantée en 1389. *Reims, L. Jacques,* 1849, in-8, br.

200. Le Banquet du boys.·. *S. l. n. d.* (*Paris, impr. Laisné*), in-8, goth. br.

Réimpression fac-simile, d'après un exemplaire de la Bibliothèque Mazarine.

201. Le Raousier des dames, sive le Pelerin damours, nouvellement composé par messire Bertrand Desmarius. *S. l. n. d.* (*Paris, Crapelet,* 1852), in-12, br.

Réimpression à 62 exemplaires.

202. La Prenostication de maistre Albert Songecreux Bisscain, réimpression fac-simile d'après l'exemplaire unique de la bibliothèque de M. S. Double. *S. l. n. d.* (*Paris,* 1861), pet. in-8, br.

Réimpression fac-simile, d'après le procédé Pilinski ; tirée à 100 exemplaires.

203. Gérard de Roussillon. Sensuyt l'histoire de Monseigneur Gérard de Roussillon, jadis duc et conte de Bourgogne et d'Acquitaine. *Lyon, Louis Perrin,* 1856, in-8, fig. br.

Envoi de l'éditeur, M. de Terrebasse, à M. Reinaud.

204. Le Roman de la Rose, par Guillaume de Lorris et Jean de Meung, édition accompagnée d'une traduction en vers, précédée d'une introduction, etc., par P. Marteau. *Orléans, Herluison,* 1878, in-12, cart. n. r.

Nous n'avons que le tome Ier seulement.

205. Chansons normandes du XVe siècle, publiées pour la première fois sur les manuscrits de Bayeux et de Vire, avec introduction et notes de A. Gasté. *Caen, Le Gost-Clérisse*, 1866, in-12, titre gravé, br.

206. Huon de Bordeaux, chanson de geste, publiée pour la première fois, d'après les manuscrits de Tours, de Paris et de Turin, par MM. F. Guessard et G. Grandmaison. *Parii, F. Vieweg*, 1860, in-12, cart. n. r.

207. La Vraye Histoire de Triboulet et autres poésies inédites, récréatives, morales et historiques des XVe et XVIe siècles, recueillies et mises en ordre par A. Joly. *Lyon, Scheuring*, 1867, in-8, br.

208. Œuvres complètes de François Villon, suivies d'un choix des poésies de ses disciples, édition préparée par La Monnoye, mise au jour, avec notes et glossaire, par M. P. Jannet. *Paris, chez E. Picard*, 1867, in-12, br.

PAPIER DE CHINE.

209. Les Deux Testaments de Villon, suivis du Banquet du boys; nouveaux textes, publiés d'après un manuscrit inconnu jusqu'à ce jour, et précédés d'une notice par Paul L. Jacob. *Paris, Académie des bibliophiles*, 1866, in-12, br.

210. L'Épitaphe de frère Olivier Maillard. *S. l. (impr. Lahure*, 1857), in-12, goth. br.

Réimpression donnée par M. A. Veinant et tirée à 62 exemplaires.

211. Euvres de Louize Labbé, Lionnoize. *Paris, Simon Raçon*, 1853, in-8, br.

Édition imprimée à 120 exemplaires. Les poésies sont précédées d'une notice sur l'auteur, sur les éditions de ses Œuvres et sur Jean de Tournes (par MM. L. de Cailhava et J.-B. de Monfalcon). Chaque page est décorée d'un encadrement gravé sur bois d'après ceux du Petit-Bernard.

212. Euvres de Louise Labé, Lionnoize. *Lyon, Scheuring*, 1862, in-8, br.

213. Rymes de gentile et vertueuse dame D. Pernette du Guillet, Lyonnoise. *Lyon, Scheuring*, 1864, pet. in-8, br.

214. Œuvres complètes de P. de Ronsard, nouvelle édition, publiée sur les textes les plus anciens, avec les variantes et des notes par M. Prosper Blanchemain. *Paris, Jannet*, 1857-67, 8 vol. in-12, cart. n. rog.

215. Les Gayetez d'Olivier de Magny, texte original, avec notice par E. Courbet. *Paris, Alph. Lemerre*, 1871, in-12, broché.

Épuisé.

216. Les Blasons domestiques, par Gilles Corrozet, libraire de Paris, nouvelle édition, publiée par la Société des bibliophiles français. *Paris,* 1865, in-12, fig. mar. brun, jans. tr. dor. (*Allô.*)

217. Cent cinq Rondeaulx d'amour, publiés, d'après un manuscrit du commencement du XVIe siècle, par Edwin Tross. *Paris, Tross,* 1873, in-8, br.

218. Œuvres du chanoine Loys Papon, seigneur de Marcilly, poète forézien du XVIe siècle, imprimées pour la première fois, sur les manuscrits originaux, par les soins et aux frais de M. N. Yéméniz. *Lyon, L. Perrin,* 1857, 2 vol. in-8, fig. br.

Tiré à très-petit nombre et non mis dans le commerce.

219. La Fleur des chansons : les grans chansons nouvelles, qui sont au nombre de cent et dix, où est comprinse la Chanson du Roy, la Chanson de Pavie, etc. *Paris, Aug. Aubry, s. d.,* in-12, goth. n. r.

Réimpression tirée à 200 exemplaires.

220. Chanson nouvelle, où est descrite la vertu et valeur des Lyonnois à la défense de Pontoise, précédée d'une notice par M. le docteur de Bonnefoy. *Paris, Wilhem,* 1873, in-12, br.

221. Délie objet de plus haute vertu, poésies amoureuses, par Maurice Sève, Lyonnais. *Lyon, Scheuring,* 1862, in-8, portr. et vign. br.

Rare.

222. Les Élégies de la belle fille lamentant sa virginité perdue, par Ferry Julyot, avec une introduction et des notes, par E. Courbet. *Paris, Alph. Lemerre,* 1868, in-12, br.

223. Poètes et amoureuses, portraits littéraires du XVIe siècle, par Prosper Blanchemain. *Paris, Willem,* 1877, 2 vol. in-8, portr. br.

PAPIER DE HOLLANDE avec doubles épreuves des portraits sur papier de Chine et papier Whatman, avant la lettre.

224. Recherches sur les noms véritables des dames chantées par les poètes français du XVIe siècle par Prosp. Blanchemain. *Paris, Aubry,* 1868, in-8 de 12 pp. br.

225. Le Second Enfer d'Estienne Dolet suivi de sa traduction des deux dialogues platoniciens, l'Axiochus et l'Hipparchus, notice bio-bibliographique, par un bibliophile. *Paris, Académie des bibliophiles,* 1868, in-12, br.

226. Le Traicté de Peyne, poëme allégorique dédié à Mon-

seigneur et à Madame de Lorrayne, manuscrit inédit du XVIe siècle. *Paris, Rouquette*, 1867, in-12, br.

Tiré à 100 exemplaires sur papier Whatman.

227. Les Œuvres poétiques françoises de Nicolas Ellain, Parisien, 1561-1570, publiées par Ach. Genty. *Paris, Poulet-Malassis*, 1861, in-12. — Rimes en patois percheron, recueillies et publiées par Ach. Genty. *Paris, Poulet-Malassis et de Broise*, 1861, in-12. — La Fontaine des amoureux de science, composée par Jehan de la Fontaine de Valenciennes, poëme hermétique du XVe siècle, publié par Ach. Genty. *Paris, Poulet-Malassis et de Broise*, 1861, in-12. — L'Art poétique de Jean Vauquelin, sieur de la Fresnaye, 1536-1607, publié par Ach. Genty. *Paris, librairie Poulet-Malassis*, 1862, in-12, portr. — Les Œuvres poétiques en patois percheron de Pierre Genty, maréchal-ferrant, 1770-1821, précédées d'un essai sur la filiation des langues, par Ach. Genty. *Paris, Aubry et Miard*, 1863, in-12, portr. Ens. 5 vol. in-12, portr. demi-rel. dos et coins de mar. rouge, tête dor. éb. (*Thivet.*)

228. Lyon marchant, satyre françoise, sur la comparaison de Paris, Rohan, Lyon, etc. *Lyon* (*Paris*), 1542 (1831), pet. in-8, goth. mar. vert, dos orné, comp. de fil. tr. dor. (*Thompson.*)

Réimpression figurée, tirée à 42 exemplaires.

229. Œuvres complètes de Regnier, nouvelle édition, avec le commentaire de Brossette publié en 1729, des notes littéraires, etc., par M. Prosp. Poitevin. *Paris, Ad. Delahays*, 1860, in-12, cart. n. r.

De la Bibliothèque gauloise.

230. Œuvres de Regnier, édition Louis Lacour. *Paris, Académie des bibliophiles*, 1867, in-8, br.

Papier de Chine tiré à 15 exemplaires.

— Le même, in-8, br.

Papier de Hollande.

231. Œuvres de Malherbe recueillies et annotées par M. L. Lazanne, nouvelle édition revue sur les autographes, les copies les plus authentiques, etc. *Paris, librairie Hachette*, 1862-69, 5 vol. in-8, et album, brochés.

Grand papier. De la Collection des grands écrivains.

232. Poésies profanes de Claude de Morennes, évêque de Séez, 1601-1606, suivies de sa satyre : regrets et tristes lamentations du comte de Montgommery, etc., publiées

et annotées par L. Duhamel. *Caen, Le Gost-Clérisse,* 1864, in-12, br.

233. L'Hercule guepin, poème en l'honneur du vin d'Orléans, par Simon Rouzeau; édition conforme à celle de 1605, accompagnée de notes, etc. *Orléans, Herluison,* 1860, in-8, demi-rel. dos et coins de mar. rouge, tête dor. éb. (*Allô.*)

Tiré à 100 exemplaires.

234. La Piémontoize en vers bressans, par Bernard Uchard, sieur de Moncepey. *A Dijon, de l'imprimerie de Claude Guyot,* 1619, in-8, broché.

Réimpression par Aubry, à 71 exemplaires.

35. La Muze historique, ou Recueil des lettres en vers contenant les nouvelles du temps écrites à son Altesse Mlle de Longueville, par J. Loret; revue sur les manuscrits et les éditions originales, par J. Ravenel et le docteur V. de la Pelouze. *Paris, chez P. Jannet,* 1857, in-8, br.

PAPIER WHATMAN. Nous n'avons que le tome premier.

236. Le Vilebrequin de Me Adam, menuisier de Nevers, contenant toutes sortes de poésies galantes, tant en sonnets, épistres, épigrammes, élégies, madrigaux, que stances et autres pièces curieuses et divertissantes sur toutes sortes de sujets, dédié à Mgr le Prince. *A Paris, chez Guillaume de Luynes,* 1663, in-12, mar. vert, jans. tr. dor.

Très-bel exemplaire.

237. La Magdelaine au désert de la Sainte-Baume, en Provence, poëme spirituel et chrétien, par le P. Pierre de Saint-Louys. *Lyon, Jean Grégoire,* 1668, in-12, frontisp. demi-rel. dos et coins de mar. vert, tr. dor.

238. Une Satire de Boileau. *Paris, librairie des bibliophiles,* 1870, in-12, br.

239. Fables de la Fontaine mises en chansons, vaudevilles et pots-pourris, par M. Nau, nouvelle édition, corrigée et augmentée. *Genève et Paris, chez la veuve Duchesne, s. d.,* in-12, frontisp. fig. mar. bleu, dos orné fil. (*Lefebvre.*)

240. Le Lutrin, poëme héroï-comique de Boileau-Despréaux, édition conforme au texte original, ornée de vignettes par Ernest et Fréd. Hillemacher. *Lyon, Scheuring,* 1862, in-4, portr. et vign. cart. n. r.

241. La Chasse, poëme, par Charles Perrault. *Paris, A. Aubry,* 1862, in-8, demi-rel. dos et coins de mar. vert, tête dor. éb. (*Capé.*)

242. Les Chansons folastres et récréatives de Gaultier Garguille, comesdien ordinaire de l'hostel de Bourgogne, nouvellement revues, corrigées et augmentées oultre les précédentes impressions. *Paris, chez A. Claudin*, 1858, in-12, portr. demi-rel. mar. rouge, tête dor. éb.

243. Le Cabinet satyrique, ou Recueil parfait des vers piquans et gaillards de ce temps, tirés des secrets cabinets des sieurs Sigogne, Regnier, Motin, etc. Dernière édition, revueüe, corrigée, et de beaucoup augmentée. *S. l.* (*Elz.*), 1666, 2 vol. in-12, mar. vert, dent. tr. dor. (*Fixon.*)

Très-jolie édition, la première imprimée par les Elzeviers, et la plus recherchée.

244. Satyres nouvelles de M. Benech de Cantenac, chanoine de Bourdeaux, avec d'autres pièces du même auteur, faites depuis quelques années. *A Amsterdam, chez la veuve Chayer*, *s. d.*, in-12, veau.

Recueil imprimé vers la fin du XVIIe siècle. Volume rare.

245. Œuvres choisies de Rouseau (J.-B.). *A Amsterdam* (*Cazin*), 1777, 2 vol. in-18, portr. mar. rouge, dos orné, fil. tr. dor. (*Rel. anc.*)

Un très-joli portrait gravé par Delaunay.

246. Poésies gaillardes et héroïques de ce temps, augmentées du poème de Zaga-Christ ou la Mort du roi d'Ethiopie, etc. *S. l. n. d., imprimé cette année*, in-12, mar. vert, fil. à froid, tr. dor.

Exemplaire dont tous les feuillets ont été réemmargés.

247. Les Divertissemens de Seaux. *A Trévoux, et se vendent à Paris, chez Etienne Ganneau*, 1712. — Suite des Divertissemens de Seaux, contenant des chansons, des cantates et autres pièces de poésies, etc. *A Paris, chez Etienne Ganneau*, 1725, in-12. Ens. 2 vol. in 12, mar. vert, dos orné, fil. tr. dor. (*David.*)

Recueil de pièces en prose et en vers par les principaux personnages de la société de la duchesse du Maine, avec les statuts de l'ordre de la Mouche à miel. Le deuxième volume est rare.

248. Chansons choisies, avec les airs notés. *A Genève*, 1782, 4 vol. in-12 (*Cazin*), frontisp. veau fauve, tr. dor.

Rare.

249. A mon Imagination, épître, ou la Jouissance imaginaire. *A Bizance, s. d.*, in-8, frontisp. demi-rel. veau.

En tête du volume se trouve comme frontispice la plus jolie des figures de Monnet pour les Liaisons dangereuses.

250. Noei borguignon de Gui Barozai, quatrieme edicion dont le contenu at en françoi aipré ce feuillai. *Ai Dioni, ché Abranlyron de Modene*, 1720, in-12, veau rac.

251. Virgile virai en bourguignon, choix des plus beaux livres de l'Enéide, etc., avec un discours préliminaire par G. P. (Gabriel Peignot). *Dijon, impr. Fantin*, 1831, in-12, demi-rel. veau fauve, etc.

252. Noels d'Aimé Piron, en partie inédits, recueillis et mis en ordre avec un avant-propos, un glossaire, etc., par Mignard. *Dijon, Lamarche*, 1858, in-12 br.

PAPIER DE HOLLANDE, tiré à 50 exemplaires.

253. Les Noels virois, par Jean Le Houx, publiés pour la première fois d'après le manuscrit de la bibliothèque de Caen, avec une introduction et des notes par Arm. Gasté. *Caen, Le Gost-Clérisse*, 1862, in-12, br.

254. Les Noels bourguignons de Bernard de la Monnoye, suivis des Noels mâconnais du P. l'Huillier, avec une traduction littéraire, etc., par Fertiault, deuxième édition, illustrée de 24 dessins de J. Bertrand. *Dijon, Lamarche*, 1866, in-12, fig. br.

255. Poëmes de Gresset. *Paris, chez D. Jouaust*, 1867, in-8 br.

PAPIER DE HOLLANDE, tiré à 100 exemplaires.

256. Éloge de Gresset, par Robespierre, publié par D. Jouaust. *Paris, Académie des bibliophiles*, in-8, br.

PAPIER DE HOLLANDE, tiré à 100 exemplaires.

257. Œuvres de Chaulieu, d'après les manuscrits de l'auteur. *A la Haye*, 1777, 2 vol. in-12 (Cazin), portr. veau marbré, tr. dor.

258. Poésies d'André Chénier, édition critique, étude sur la vie et les œuvres d'André Chénier, variantes, notes, etc., par M. Becq de Fouquières, édition ornée d'un portrait. *Paris, Charpentier*, 1862, gr. in-8, portr. mar. bleu, dos orné, fil. tr. dor. (*Allô.*)

GRAND PAPIER DE HOLLANDE.

259. La Pipe cassée, poème épitragipoissardihéroïcomique (par Vadé). *Paris, Leclère*, 1866, in-8, portr. et vign. mar. citron, large dent. tr. dor.

PAPIER DE CHINE; exemplaire auquel on a ajouté un très-beau portrait de Vadé, gravé par Ficquet.

260. Le Fond du sac, ou Recueil des contes en vers et en prose et des pièces fugitives (par Nogaret). *Paris, Leclè*

1866, in-8, portr. et vign. demi-rel. dos et coins de mar. orange, tête dor. éb. (*Allô.*)

Papier de Hollande. On y a ajouté les eaux-fortes.

261. La Constitution en vaudevilles, suivie des Droits de l'homme, de la femme, et de plusieurs autres vaudevilles constitutionnels, par M. Marchant. *A Paris, chez les libraires royalistes*, 1792, in-12, fig. mar. rouge, dos orné, fil. tr. dor. (*Rel. anc.*)

Une jolie gravure en couleur.

262. Tangu et Félime, poème en IV chants, par M. de la Harpe. *Paris, chez Perrot, s. d.*, in-8, titre gravé, fig. demi-rel. veau fauve, tr. rouge.

Un frontispice et quatre jolies figures de Marillier.

263. Recueil des chansons de Collé. *A Hambourg et à Paris*, 1807, 2 vol. in-12, *brochés*.

264. Le Mérite des Femmes, poème, par Gabriel Legouvé, cinquième édition revue et augmentée. *Paris, impr. Didot, an IX*, in-12, fig. veau, br. marbré.

Très-jolie édition. 2 figures par Isabey.

265. Caquet-Bonbec, la Poule à ma tante, poème en sept chants, nouvelle édition. *A Paris, chez Renard*, 1802, in-12, titre gravé, br.

Charmant titre gravé.

266. Chansons et poésies diverses de M. A. Desaugiers, sixième édition, considérablement augmentée. *A Paris, chez Ladvocat*, 1827, 4 vol. in-8, portr. et fig. demi-rel. dos et coins de mar. bleu, tête dor. n. r.

Superbe exemplaire de la plus jolie édition de ce poète. On y a ajouté 7 jolies figures de Lécurieux et un rare portrait gravé par Fontaine.

267. Poésies de Mlle Elisa de Mercœur, de Nantes ; seconde édition, augmentée de nouvelles pièces. *A Paris, chez Crapelet*, 1829, in-12, demi-rel. dos et coins de mar. bleu, non rogné. (*Allô.*)

Grand papier, superbe exemplaire.

268. Le Chansonnier des Grâces pour 1831, avec les airs nouveaux gravés. *Paris, F. Louis*, 1831, in-12, front. veau brun, tr. dor.

269. Iambes, par Auguste Barbier. *Paris, Urbain Canel*, 1832, in-8, br.

Edition originale, superbe exemplaire. Quelques taches et une mouillure.

270. Messéniennes et chants populaires, par C. Delavigne. *Paris, Furne*, 1840, in-4, vign, demi-rel. dos et coins de mar. vert, tête dor. éb.

Edition ornée de très-jolies vignettes.

271. Les Grotesques, par Théophile Gautier. *Paris, Desessarts*, 1844, 2 vol. in-8, cart. éb.

EDITION ORIGINALE.

272. Vive Henri IV, chanson historique en six couplets. *Reims, L. Jacques*, 1850, in-8, br.

273. Châtiments, par Victor Hugo. *Bruxelles*, 1853, in-12, br.

EDITION ORIGINALE.

274. Les Francs-Péteurs, poème en quatre chants, etc., et suivi de notes historiques, philosophiques et littéraires. *Caen, Poisson*, 1853, in-12, br.

275. Les Poésies de Théodore de Banville, 1841-1854. *Paris, Poulet-Malassis et de Broise*, 1857, in-12, titre gravé, cart. n. r.

Rare.

276. Histoire du Sonnet pour servir à l'histoire de la poésie française, par Charles Asselineau, deuxième édition. *Paris, Poulet-Malassis et de Broise*, 1857, in-12, br.

Rare petit volume.

277. Odes funambulesques (par Th. de Banville), avec un frontispice gravé à l'eau-forte par Bracquemond, d'après un dessin de Voillemot. *Alençon, Poulet-Malassis et de Broise*, 1854, in-12, front. br.

PAPIER VERGÉ, très-rare.

278. Simple Bouquet, sonnets (par Auguste Génin). *Lyon, impr. L. Perrin*, 1858, in-8, br.

279. La Légende des siècles, par Victor Hugo. *Paris, Michel Lévy*, 1859, 2 vol. in-8, br.

EDITION ORIGINALE.

280. Premières Poésies, 1856-1858, par Auguste Villiers de l'Isle-Adam. *Lyon, Scheuring*, 1859, in-8, br.

281. Sonnets humouristiques, par Joséphin Soulary; nouvelle édition, considérablement augmentée, et précédée d'une préface en vers par J. Janin. *A Lyon, chez N. Scheuring*, 1859, in-8, portr. br.

— Le même, in-8, *broché*.

282. Les Vignes Folles, poésies, par Albert de Glatigny, avec un frontispice de Charles Voillemot, gravé à l'eau-forte par Bracquemond. *Paris, Librairie nouvelle,* 1860, in-8, front. *broché.*

ÉDITION ORIGINALE.

283. Les Canettes de Jirome Roquet (dit Tampias), ouvrie taffetaquie, pouème etique, chansons, pouësies diverses, etc., par L.-E. Blanc. *Lyon, Mera,* 1862, in-12, br.

284. Émaux et Camées, par Th. Gautier, seconde édition, augmentée. *Paris, Pincebourde,* 1863, in-12, front. mar. rouge, dos orné, fil. tr. dor.

Le frontispice se trouve en deux états.

285. Poésies en patois du Dauphiné. Grenoble malhérou par Blanc, dit la Goutte, dessins de Rahoult, gravures de Dardelet, préface par Georges Sand. *Grenoble, Rahoult et Dardelet,* 1864, in-4, fig. br.

Cet ouvrage est orné de figures à toutes les pages.

286. Les Chansons d'autrefois, vieux chants populaires de nos pères, recueillis et annotés par Ch. Malo, illustrations par Gust. Doré. *Paris, J. Laisné,* 1864, in-12, vign. demi-rel. mar. vert, n. r.

287. Ébauches, par Eugène Rastand. *Lyon, Scheuring,* 1865, in-8, br.

288. Les Bourrasques, par Mlle Augustine Labey. *Paris, Ledoyen,* 1865, in-12, demi-rel. dos et coins de mar. rouge, tête dor. éb. (*Allô.*)

289. Les Printemps du cœur, par Eugène Vermersch. *Paris, E. Sausset,* 1865, in-12, br.

290. Une Chansonnette des rues et des bois. *A Chaillot,* 1865, in-18, br.

291. Les Épreuves, par Sully-Prudhomme. Amour, Doute, Rêve, Action. *Paris, Alphonse Lemerre,* 1866, in-12, br.

PAPIER DE HOLLANDE.

292. Procès poétique touchant les vins de Bourgogne et de Champagne, jugé souverainement par la Faculté de médecine de l'île de Co, précédé d'une introduction par Ph. Milsand. *Paris, A. Aubry,* 1866, in-8, br.

PAPIER VERGÉ.

— Le même. In-8, br.

PAPIER VERGÉ.

293. Les Camées parisiens, par Théodore de Banville, frontispice avec portraits à l'eau-forte de Ulm. *Paris, chez René Pincebourde*, 1866-73, 3 vol. in-12, front. br.

Très-rare.

294. Anagraméana, poème en huit chants, par l'anagramme d'Archet, ouvrier maçon, etc. *A Anagrammatopolis (Lille), l'an XIV de l'ère anagrammatique* (1867), in-12, br.

Réimpression à 200 exemplaires.

295. Le Parnassiculet contemporain, recueil de vers nouveaux, précédé de l'hôtel du Dragon Bleu et orné d'une très-étrange eau-forte. *Paris*, 1867, in-12, front. br.

296. Heures de tristesse, vers et prose par Louis Morin-Pons. *Lyon, impr. Louis Perrin*, 1867, in-8, br.

297. Rapsodies de Pétrus Borel. *Bruxelles*, 1868, in-12, front. br.

298. Poèmes modernes, par François Coppée. Angelus, le Banc, Enfants trouvés, etc. *Paris, Alph. Lemerre*, 1869, in-12, br,

Papier de Hollande.

299. Nouvelles Odes funambulesques, par Théodore de Banville. *Paris, Lemerre*, 1869, in-12, front. br.

Papier de Hollande.

300. Le Vin, vers fantasques, la Campagne, par Fernand Desnoyers. *Paris, typographie Alcan Lévy*, 1869, in-12, br.

301. L'Année terrible, par Victor Hugo, illustrations par Léopold Flameng. *Paris, Michel Lévy*, 1873, in-8, front. et fig. br.

Édition originale, papier de Hollande, tiré à 25 exemplaires et figures sur papier de Chine.

302. Maison Victor Hugo et Cie, 1847 et 1873, par J.-P. Bic. Poésies satiriques. *Paris, Lachaud*, 1871, in-8, br.

303. Œuvres poétiques de Joséphin Soulary, première partie. — Sonnets (1847-1871). *Paris, Alphonse Lemerre*, 1872, in-12, br.

Papier de Hollande, tiré à 20 exemplaires.

304. Eaux-fortes et rêves creux, sonnets excentriques et poèmes étranges, par Antoine Monnier. *Paris, L. Willem*, 1873, in-8, fig. br.

Ouvrage orné d'un grand nombre d'eaux-fortes.

305. La Rapinéide, ou l'Atelier, poëme burlesco-comico-tragique en sept chants, par un ancien rapin (par Al. Lenoble). *Paris*, *Barraud*, 1870, in-8, fig. br.

306. Les Péchés capitaux, sonnets, par J. Poisle-Desgranges; eaux-fortes d'Alfred Taiée. *Paris*, *Bachelin-Deflorenne*, 1875, in-8, front. et fig. br.

---

307. Il Petrarca di nuovo ristampato et di bellisime figure intagliate in rame adornato, etc. *In Venetia, presso Nicolo Misserini*, *s. d.* pet. in-16, titre gravé, fig. vélin.

308. Il Congresso di Citera, del conte Algarotti, etc., *Parigi*, 1868, in-12, titre gravé, vign. cart. n. rog.

Manque le frontispice.

309. Le Purgatoire de Dante Alighieri, avec les dessins de Gustave Doré. *Paris, librairie Hachette*, 1868, in-fol. fig. cart. n. rog.

Première édition; les figures sont tirées sur papier de Chine.

310. Le Paradis de Dante Alighieri, avec les dessins de Gustave Doré, traduction française de Pier-Angelo Fiorentino, accompagnée du texte italien. *Paris, librairie Hachette*, 1868, in-fol. fig. cart. n. rog.

Première édition; les gravures sont tirées sur papier de Chine.

III. THÉATRE.

311. Ancien Théâtre françois, ou collection des ouvrages dramatiques les plus remarquables depuis les mystères jusqu'à Corneille, publié avec des notes et des éclaircissements par M. Viollet-le-Duc. *Paris*, *P. Jannet*, 1854-57, 10 vol. in-12, cart. n. r.

312. Recueil de farces, soties et moralités du xve siècle, réunies et publiées avec des notices et des notes, par P. L. Jacob. *Paris*, *Ad. Delahays*, 1859, in-12, cart. non rog.

De la Bibliothèque gauloise.

313. Recueil de farces, moralités, sermons joyeux, etc., tiré des anciens manuscrits. *Paris*, *chez Techener*, 1831, in-12, br.

Recueil tiré à 60 exemplaires. Nous n'avons que la première livraison, c'est-à-dire la préface et la farce du Savetier.

314. Miracle de monseigneur sainct Nicolas : dung juif qui

presta cent escus à un crestien, à dix-huit personnages. *S. l. n. d. Paris, Baillieu*, 1868, in 12, goth. br.

315. La Diablerie de Chaumont, ou Recherches historiques sur le grand pardon général de cette ville, etc., contenant les mystères de la nativité, de la vie et de la mort de M. saint Jean-Baptiste, par Émile Jolibois. *Chaumont et Paris, Techener*, 1838, in-8, pl. br.

316. Lenfant sage a trois ans avecque la similitude de Lenffant prodigue. *Paris, Auguste Aubry*, 1854, in-8, demi-rel. dos et coins de mar. brun, tête dor. éb. (*Capé.*)

Tiré à 52 exemplaires.

317. Moralité de Mundus, Caro, Demonia, farce du Savetier. *Paris, Firmin-Didot*, 1827, in-fol. goth. agenda, br.

Tiré à 100 exemplaires.

318. Moralité des blasphémateurs de Dieu, à dix-sept personnages. *A Paris, chez Silvestre*, 1831, in-fol. agenda, broché.

Tiré à 90 exemplaires.

319. Moralité de la vendition de Joseph, à quarante-neuf personnages. *A Paris, chez Silvestre*, 1835, in-fol. agenda, broché.

Tiré à 90 exemplaires.

320. Le Grand Mystère de Jésus, passion et résurrection, drame breton du moyen âge, avec une étude sur le théâtre chez les nations celtiques, par le vicomte Hersart de la Villemarqué. *Paris, librairie Didier*, 1865, in-8, fig. br.

PAPIER DE HOLLANDE.

321. Les Tragédies de R. Garnier, au roy de France et de Pologne. *A Paris, chez Abel l'Angelier*, 1599, in-12, mar. vert, dos orné, fil. tr. dor. (*Thouvenin.*)

Exemplaire de Charles Nodier, avec la reliure dite *aux écussons*.

322. Plaisantes Recherches d'un homme grave sur un farceur, ou prologue tabarinique, pour servir à l'histoire littéraire et bouffonne de Tabarin, par C. Leber. *Paris, J. Techener*, 1856, in-12, br.

323. Les Origines du théâtre de Lyon, mystères, farces et tragédies, troupes ambulantes; Molière, avec fac-simile, notes et documents, par C. Brouchoud. *Lyon, Scheuring*, 1865, in-8, fac-simile, br.

324. Notice sur Benoet du Lac, ou le Théâtre de la bazoche

à Aix à la fin du XVIe siècle, par A. Joly. *Lyon, Scheuring*, 1862, in-8, br.

PAPIER DE HOLLANDE, tiré à 70 exemplaires.

325. Pierre Gringore et les comédiens italiens, par Émile Picot. *Paris, Morgand et Fatout*, 1878, in-8, fig. br.

326. Récit touchant la comédie jouée par les jésuites et leurs disciples dans la ville de Lyon en 1607. *S. l.*, in-8. — Conviction véritable du récit fabuleux divulgué touchant la représentation exhibée en face de la ville de Lyon au collège de Jésus cette année 1607. *Lyon*, 1607, in-8. Ensemble 2 vol. in-8, de 32 pp. br.

327. Œuvres de P. Corneille, nouvelle édition revue sur les plus anciennes impressions et les autographes et augmentée de morceaux inédits, de variantes, etc., par Ch. Marty-Laveaux. *Paris, librairie L. Hachette*, 1862, 12 vol. in-8, et album, br.

GRAND PAPIER, très-rare. De la Collection des grands écrivains.

328. Corneille à la butte Saint-Roch, comédie en un acte, en vers, par Ed. Fournier. *Paris, E. Dentu*, 1862, in-12, front. br.

PAPIER DE HOLLANDE,

329. Notes historiques sur la vie de Molière, par A. Bazin; deuxième édition, considérablement augmentée. *Paris, Techener*, 1851, in-8, br.

330. Les Précieuses ridicules, par Molière, édition originale; réimpression textuelle, par les soins de Louis Lacour. *Paris, Jouaust*, 1867, in-12, br.

331. Le Tartufe de Molière, seconde édition, avec le mandement de l'archevêque Hardouin, par lequel il excommunie les libertins qui assistaient à la représentation de Tartufe. *Paris, Hingray*, 1844, in-18, front. et fig. demi-rel. chagr. brun, n. r.

332. L'Amour médecin, par Molière, édition originale, réimpression textuelle par les soins de Louis Lacour. *Paris, Jouaust*, 1866, in-12, br.

333. Le Mariage forcé, comédie-ballet en trois actes, ou le ballet du roi dansé par le roi Louis XIV, nouvelle édition publiée d'après le manuscrit de Philidor l'aîné par Ludovic Celler. *Paris, librairie Hachette*, 1867 in-12, br.

334. Registre de Lagrange (1658-1685), précédé d'une notice

biographique; publié par les soins de la Comédie-Française. *Paris, J. Claye*, 1876, in-4, br.

On a ajouté le portrait de Lagrange, sur chine volant, gravé par Hillemacher.

335. Œuvres de J. Racine, nouvelle édition, revue sur les plus anciennes impressions et les autographes, etc., par M. Paul Mesnard. *Paris, L. Hachette et Cie*, 1865-73, 8 vol. in-8, album et musique, br.

GRAND PAPIER, très-rare.

336. Ballet en langage forésien, de trois bergers et de trois bergères se gaussant des amoureux qui nomment leurs maistresses, etc., par Marcellin Allard. *Paris, Aubry*, 1855, in-8, portr. br.

Réimpression à 71 exemplaires. PAPIER DE CHINE.

337. L'Oublieux, petite comédie en trois actes, de Ch. Perrault (1691); publiée pour la première fois avec une petite introduction et des notes, par M. Hippolyte Lucas. *Paris, Acad. des bibliophiles*, 1868, in-12, front. br.

338. Sophie Arnould d'après sa correspondance et ses mémoires inédits, par MM. Edm. et J. de Goncourt, deuxième édition. *Paris, Poulet-Malassis et de Broise*, 1859, in-12, broché.

Très-rare édition; exemplaire avec l'appendice qui manque souvent.

339. Charlotte Corday, tragédie en cinq actes et en vers, par J.-B. Salles, publiée pour la première fois par M. G. Moreau-Chalons. *Paris, J. Miard*, 1864, in-4, br.

PAPIER DE CHINE.

340. Répertoire du Théâtre de Madame Rossini : A Paris, ou le Grand Dîner, par MM. Scribe et Mazères. *Paris, Baudouin*, 1829, in-18, br.

341. Hernani, ou l'Honneur castillan, drame, par Victor Hugo, représenté sur le Théâtre-Français le 25 février 1830. *Paris, Mame et Delaunanvallée*, 1830, in-8, cart. n. r.

ÉDITION ORIGINALE.

342. Marion Delorme, par Victor Hugo, nouvelle édition. *Paris, Michel Lévy*, 1873, in-8, front. br.

Très-beau frontispice gravé à l'eau-forte par Léopold Flameng.

343. Galilée, drame en trois actes en vers, par François Ponsard. *Paris, Michel Lévy*, 1867, in-8, br.

ÉDITION ORIGINALE.

344. L'Équilibre, comédie de marionnettes, par Marc Monnier. *Genève, H. Georg*, 1867, in-12, br.

345. Deburau, histoire du théâtre à quatre sous, pour faire suite à l'histoire du Théâtre français (par J. Janin), seconde édition. *Paris*, *Charles Gosselin*, 1832, 2 vol. in-12, front. demi-rel. dos et coins de mar. rouge, tête dor. n. r. (*Alló.*)

346. La Foire aux artistes, petites comédies, par Aurélien Scholl. *Paris*, *Poulet-Malassis et de Broise*, 1858, in-12, demi-rel. mar. rouge, tête dor. éb.

Papier de Hollande, rare.

347. La Foire aux artistes, petites comédies parisiennes, par Aurélien Scholl. *Paris, Poulet-Malassis et de Broise*, 1858, in-12, br.

348. Entre Cour et Jardin, études et souvenirs de théâtre, par Paul Foucher. *Paris*, *Amyot*, 1867, in-12, br.

Épuisé.

349. Théâtre, mystères, comédies et ballets, par Théophile Gautier. *Paris*, *Charpentier*, 1872, in-12, br.

Papier de Hollande, très-rare.

350. Les Actrices, par Edmond et Jules de Goncourt. *Paris*, *E. Dentu*, 1856, in-8, cart. n. r.

Très-rare.

351. La Comédie française (comédiens et comédiennes), notices par Fr. Sarcey, portraits d'artistes gravés à l'eau-forte, par Léon Gaucherel. *Paris*, *Librairie des bibliophiles*, 1876, in-8, portr. *en livr.*

Papier de Hollande, avec les épreuves avant la lettre.

352. Polichinel, ex-roi des marionnettes, devenu philosophe, par Lorentz. *Paris*, *Willermy*, 1848, in-8, fig. et vign. demi-rel. mar. rouge, éb.

353. Nouveaux Mémoires de Thérésa, par Henry Morel. *Paris*, *Ach. Faure*, 1868, in-12, phot. br.

On a ajouté à cet exemplaire le recueil de toutes les chansons chantées par Thérésa à l'Alcazar.

354. Voyage autour de Pomaré, reine de Mabille, princesse du Ranelagh, grande-duchesse de la Chaumière, par la grâce de la polka, du cancan et autres cachuchas, par G. Malbert. *Paris*, *Gustave Havard*, 1844, in-12, fac-simile, br.

Petit volume devenu très-rare.

355. Théâtre lyonnais de Guignol, publié pour la première fois avec une introduction et des notes. *Lyon, Scheuring*, 1865, 2 vol. in-8, front. et vign. br.

PAPIER DE HOLLANDE.

356. I Pupazzi, texte et images, par Lemercier de Neuville. *Paris, E. Dentu*, 1866, in-12, fig. br.

Volume épuisé et rare.

357. Histoire de l'Opéra, par Alphonse Royer, avec douze eaux-fortes. *Paris, Bachelin-Deflorenne*, 1875, in-8, portr. br.

PAPIER DE HOLLANDE.

358. Œuvres complètes de W. Shakespeare, traduites par Fr.-Victor Hugo. *Paris, Pagnerre*, 1859-66, 18 vol. in-8, br.

PAPIER DE HOLLANDE, rare.

IV. ROMANS.

359. Nouvelles françoises en prose du XIIIe siècle, publiées d'après les manuscrits avec une introduction et des notes par M. L. Moland et C. d'Héricault. *Paris, Jannet*, 1856, in-12, cart. n. r.

360. Les Aventures du chevalier de Jaufre et de la belle Brunissende, traduites par Mary-Lafon, illustrées de 20 belles gravures dessinées par G. Doré. *Paris, Librairie nouvelle*, 1856, gr. in-8, front. et fig. demi-rel. mar. vert, tête dor. éb.

PREMIÈRE ÉDITION, avec les illustrations de Gustave Doré.

361. Fierabras, légende nationale traduite par Mary-Lafon et illustrée de douze belles gravures par G. Doré. *Paris, Librairie nouvelle*, 1857, gr. in-8, front. et fig. demi-rel. mar. vert, tête dor. éb.

PREMIÈRE ÉDITION, avec les illustrations.

362. Mélusine, par Jehan d'Arras, nouvelle édition, conforme à celle de 1478, revue et corrigée avec une préface par M. Ch. Brunet. *Paris, P. Jannet*, 1854, in-8, cart. n. r.

Rare.

363. Histoire de Huon de Bordeaux, pair de France, duc de Guienne, contenant ses faits et actions héroïques, etc,

A Troyes, chez la ve Garnier, s. d. (1726), in-4, cart. n. r.

364. Les Contes du gay-çavoir : Ballades, fabliaux et traditions du moyen âge, publiés par Ferd. Langlé et ornés de vignettes et fleurons imités des manuscrits originaux par Bonington et Monnier. *Imprimé par Firmin-Didot, pour Lami-Denozan,* 1828, in-8, fig. col. veau gaufré, fil. tr. dor. (*Thouvenin.*)

Nombreuses taches d'humidité.

365. La Comtesse de Ponthieu, roman de chevalerie inédit, publié avec introduction par Alfred Delvaux. *Paris, Bachelin-Deflorenne*, 1865, in-8, goth. mar. rouge, dos orné, fil. tr. dor. (*Belz-Niedrée.*)

366. Aucassin et Nicolette, roman de chevalerie (provençal-picard), publié avec introduction et traduction par Alfred Delvau. *Paris, Bachelin-Deflorenne,* 1866, in-18, goth. mar. rouge, dos orné, fil. tr. dor. (*Belz-Niedrée.*)

367. Les Cent Nouvelles nouvelles. Suivent les cent nouvelles contenant les cent histoires nouveaux qui sont moult plaisans à raconter en toutes bonnes compagnies, etc. *A Cologne, chez Pierre Gaillard,* 1701, 2 vol. in-8, front. et fig. mar. rouge, dos orné, fil. tr. dor. (*Allô.*)

Première édition avec les figures de Romain de Hooge qui sont tirées dans le texte.

368. Les Cent Nouvelles nouvelles dites les Cent Nouvelles du roi Louis XI, nouvelle édition, revue sur l'édition originale, avec des notes et une introduction par P. L. Jacob. *Paris, Delahays,* 1858, in-8, cart. n. r.

De la Bibliothèque gauloise.

369. L'Heptaméron des nouvelles de très-haute et très-puissante princesse Marguerite d'Angoulême, royne de Navarre, nouvelle édition publiée d'après le texte des manuscrits avec des notes et une notice par P. L. Jacob. *Paris, A. Delahays, s. d.*, 1876, in-8, br.

Tiré à 100 exemplaires.

370. Les Contes et Discours d'Eutrapel, par Noël du Fail, seigneur de Herissaye. *S. l.* (*Paris*), 1732, 2 vol. in-12. — Discours d'aucun propos rustiques, facétieux et de singulière récréation : ou les ruses et finesses de Ragot, par Léon Ladulfi, Noël du Fail. *S. l.* (*Paris*), 1732, in-12. Ensemble 3 vol. dos et coins de mar. rouge, tr. dor. (*Allô.*)

Jolie réimpression, faite sur l'une des éditions de Rennes.

371. Notice sur deux anciens romans intitulés les Chroniques de Gargantua, où l'on examine les rapports qui existaient entre ces deux ouvrages et le Gargantua de Rabelais, etc., par l'auteur des Nouvelles Recherches bibliographiques. *Paris, chez Silvestre,* 1834, in-8, br.

Rare.

372. Les Grandes et inestimables Chroniques du grant et énorme géant Gargantua contenant : la généalogie, la grandeur et force de son corps ; aussi les merveilleux faicts d'armes qu'il fist pour le roy Artus, comme verrez ci-après (par François Rabelais). *A Paris, typographie de Panckoucke,* 1853, in-12, portr. br.

Réimpression à 108 exemplaires.

373. Œuvres de François Rabelais contenant la vie de Gargantua et celle de Pantagruel, etc., augmentée de nouveaux documents par P. L. Jacob, illustrations par Gustave Doré. *Paris, J. Bry,* 1854, gr. in-8, fig. demi-rel. mar. rouge, tête dor. éb.

Première édition, avec les figures de G. Doré, rare.

374. Le Rabelais de poche, avec un dictionnaire pantagruélique, tiré des Œuvres de F. Rabelais. *A Alençon, chez Poulet-Malassis et de Broise,* 1860, in-12, titre gravé, demi-rel. dos et coins de mar. brun, tête dor. éb.

Rare.

375. Les Quatre Livres de maistre François Rabelais, suivis du manuscrit du cinquième livre publié par les soins de A. de Montaiglon et Louis Lacour. *Paris, Librairie des bibliophiles,* 1868, 2 vol. in-8, br.

Papier Whatman, tiré à 30 exemplaires.

376. Œuvres de Rabelais, texte collationné sur les éditions originales avec une vie de l'auteur, des notes et un glossaire, illustrations de Gustave Doré. *Paris, Garnier,* 1873, 2 vol. in-fol. portr. et fig. cart. n. r.

Grand papier de Hollande.

377. La Chronique de Gargantua, premier texte du roman de Rabelais, précédé d'une notice par P. Lacroix. *Paris, chez D. Jouaust,* in-12, br.

378. Les Rabelais de Huet. *Paris, Acad. des bibliophiles,* 1867, in-12, br.

379. Rabelais à la bas-messe, par A. Constant. *Paris,* 1847, in-12, br.

380. Les Amours de Psyché et de Cupidon, suivies d'Ado-

nis, poème, par la Fontaine. *A Paris, Leclère fils*, 1863, 2 vol. in-12, mar. rouge, dos orné, compart. de fil. tr. dor.

Tiré à 100 exemplaires. Les figures de Moreau ne se trouvent pas dans celui-ci.

381. Les Contes des fées, en prose et en vers, de Charles Perrault, nouvelle édition, revue et corrigée sur les éditions originales, et précédée d'une lettre critique par Ch. Giraud. *Paris, à l'Imprimerie impériale,* 1864, in-8, portr. fig. et vign. broch.

Superbe exemplaire. Un des plus jolis livres modernes.

382. Relation du voyage du prince de Montberand dans l'île de Naudely, etc., enrichi de figures. *Merinde, Innocent Démocrite*, 1706, in-8, portr. et fig. demi-rel. mar. rouge, tr. marbr.

383. Pluton maltotier, nouvelle galante, divisé en six parties. *A Bologne, chez Adrien l'Enclume*, 1708, in-12, front. veau violet, tr. dor. (*Purgold.*)

De la bibliothèque de Rosny.

384. Les Véritez en petits contes (par Dovarche). *A Nancy, chez Dominique Gaydon*, 1708, in-12, mar. citron, dos orné, fil. tr. dor. (*Hardy.*)

385. Mémoires anecdotes, pour servir à l'histoire de M. Duliz, et la suite de ses aventures après la catastrophe de celle de Mlle Pélissier, etc. *Londres, Samuel Harding*, 1739, in-8, veau fauve, tr. rouge.

386. Le Diable boiteux, par M. Le Sage; nouvelle édition, corrigée, refondue, augmentée d'un volume par l'auteur, et ornée de figures, avec les Entretiens sérieux et comiques des cheminées de Madrid, etc. *Amsterdam, P. Mortier*, 1773, 2 tomes en 1 vol. in-12, front. et fig. veau.

387. Montesquieu, sa réception à l'Académie française, la deuxième édition des Lettres persanes. *Paris, Didier, s. d.*, in-12, br.

Papier de Hollande.

388. Acajou et Zirphile, conte (par M. Duclos). *A Minutie*, 1744, in-12, front. et fig. mar. brun, jans. tr. dor.

Une des dix figures est remontée.

389. Romans de Voltaire. *Paris, A. Lechevalier*, 1867, gr. in-8, fig. *en feuilles.*

390. Histoire du petit Jehan de Saintré et de la dame des

Belles-Cousines, par le comte de Tressan. *Paris, Lequien,* 1830, in-18, front. et fig. veau brun, tr. dor.

391. Contes, Lettres et pensées de l'abbé Galiani, avec introduction et notes par Paul Ristelhuber. *Paris,* 1866, in-12, br.

Papier de Hollande.

392. Le Momus françois, ou les Aventures divertissantes du duc de Roquelaure, suivant les mémoires que l'auteur a trouvés dans le cabinet du maréchal d'H..., par le S. L. R. *A Lyon, chez les frères Perisse,* 1778, in-12, demi-rel. veau.

393. Lettres turques, par de Sainte-Foix, publiées par D. Jouaust. *A Paris, chez D. Jouaust,* 1869, in-12 br.

394. La Religieuse, par Diderot. *Paris, A. Hiard,* 1831, in-12, br.

395. Le Diable amoureux, roman fantastique, par J. Cazotte, précédé de sa vie, de son procès et de ses prophéties et révélations, par Gérard de Nerval, illustré de 200 dessins par Édouard de Beaumont. *Paris, Léon Ganivet,* 1845, in-8, fig. et vignettes, cart. n. r.

Première édition ; à ces illustrations, on a ajouté les figures de Moreau le jeune, remontées, qui se trouvent dans l'édition originale.

396. Primerose, par M(or)el de V..(in)dé. *A Paris, de l'imprimerie de P. Didot,* 1798, in-12, front. et fig. veau écaille, tr. dor.

De la collection Bleuet, avec les figures de Lefebvre.

397. Ollivier, poëme, par Cazotte. *A Paris, de l'imprimerie de P. Didot, an VI*-1798, 2 vol. in-12, demi-rel. mar. vert, tr. peigne.

Papier vélin. De la collection Bleuet, avec les figures de Lefebvre avant la lettre.

398. Le Panorama des boudoirs, ou l'Empire des noirs, contenant plusieurs aventures arrivées à Vienne, Pétersbourg, etc., par James Lawrence. *Paris, Pigoreau,* 1817, 4 vol. in-12, fig. cart. toile, n. r.

En tête de chaque volume se trouve une gravure coloriée.

399. Mademoiselle de Maupin, double amour, par Théophile Gautier. *Paris, Eugène Renduel,* 1835-36, 2 vol. in-8, mar. rouge, dos orné, fil. tr. dor. (*Marius Michel.*)

Édition originale. Superbe édition de ce rare romantique.

400. Les Deux Anges du poète, par Ulric Guttinguer. *Paris, Charpentier,* 1841, in-12, cart. toile, n. r.

401. Les Contes bruns, par (une tête à l'envers) (de Balzac, Philarète Chasles et Ch. Rabou). *Paris, Urbain Canel,* 1832, in-8, demi-rel, veau.

Sur le titre se trouve une vignette de Tony Johannot, gravée par Thompson, représentant une tête à l'envers.

402. Notre-Dame de Paris, par Victor Hugo. *Paris, Eugène Renduel,* 1836, in-8, fig. demi-rel. veau.

Édition ornée de gravures d'après Boulanger, Tony Johannot, Raffet et autres; tirées sur papier de Chine.

403. Notre-Dame de Paris, par Victor Hugo; édition illustrée d'après les dessins de MM. E. de Beaumont, L. Boulanger, Daubigny, Tony Johannot, de Lemud, Meissonnier, etc. *Paris, Perrotin,* 1844, in-8, front. et fig. *en livr.*

Superbe exemplaire de premier tirage, imprimé par Béthune et Plon, et les gravures par Lacrampe.

404. Notre-Dame de Paris, par Victor Hugo; édition illustrée d'après les dessins de Beaumont, Boulanger, etc. *Paris, Perrotin,* 1855, in-8, cart. toile, tr. dor.

405. Fabrique de romans : Maison Alexandre Dumas et Cie, par Eugène de Mirecourt. *Paris,* 1845, in-8, br.

406. Nouvelles, par Alfred et Paul de Musset. *Paris, Victor Magin,* 1848, in-8, cart. non rogné.

Sur le titre se trouve un cachet de cabinet de lecture, et le dernier feuillet est raccommodé.

407. Chroniques, Contes et Légendes, par Charles-Amédée Beneyton. *Paris, chez Dumoulin,* 1854, in-4, br.

408. Madame Bovary, mœurs de province, par Gustave Flaubert. *Paris, Michel Lévy,* 1857, 2 vol. in-12, br.

ÉDITION ORIGINALE.

409. Les Amoureuses, par Alphonse Daudet, nouvelle édition. *Paris, J. Tardieu,* 1863, in-12, br.

410. Autographes sérieux et comiques. Les Amoureux. *Paris, F. Henry, s. d.,* in-12, br.

411. Honoré de Balzac, par Théophile Gautier; édition revue et augmentée, avec un portrait gravé à l'eau-forte par Ed. Hédouin. *Paris, Poulet-Malassis et de Broise,* 1859, in-12, portr. cart. n. r.

Rare.

412. Elle et Lui, par George Sand, deuxième édition. *Paris, Hachette,* 1860, in-12, cart. toile, n. r.

413. Lui (Alfred de Musset), roman contemporain, par

Mme Louise Colet. *Paris, Librairie nouvelle,* 1860, in-12, br.

Avec la clef des noms manuscrits.

414. Lui et Elle, par Paul de Musset, huitième édition. *Paris, Charpentier*, 1873, in-12, br.

415. Les Paradis artificiels, Opium et Haschisch, par Charles Baudelaire. *Paris, Poulet-Malassis et de Broise,* 1861, in-12, br.

Très-rare.

416. Recherches sur les origines et les variations de la légende du bonhomme Misère, par Champfleury. *Paris, Poulet-Malassis et de Broise,* 1861, in-8, br.

417. Virginie de Leyva, ou Intérieur d'un couvent de femmes en Italie au commencement du XVIIe siècle, d'après les documents originaux, par Philarète Chasles. *Paris, Poulet-Malassis et de Broise,* 1861, in-12, portr. br.

418. La Légende du Juif-Errant, compositions par G. Doré, poème par P. Dupont, deuxième édition. *Paris*, 1862, in-fol. fig. cart.

Les planches 1, 2, 3, 4, 7, 9 et 11 manquent.

419. Denise, historiette bourgeoise, par Aurél. Scholl, troisième édition. *Gand, Alf. Carel,* 1862, in-12, br.

Jolie édition.

420. La Confession d'Antonine, par Mlle Marie Garcia, préface de Léon Gozlan. *Paris, Michel Lévy*, 1864, pet. in-8, portr. mar. violet, dos orné, large dent. XVIIIe siècle, doublé de moire, tr. dor.

421. Bleuettes et Boutades, par J. Petit-Senn. *Genève, impr. de Fick,* 1865, in-12, br.

422. Louisa, ou les Douleurs d'une fille de joie, par l'abbé Tiberge, nouvelle édition. *Paris*, 1865, in-12, br.

Papier de Hollande.

423. Les Jeune-France, romans goguenards par Théophile Gautier. Frontispice dessiné et gravé par Félicien Rops, sur l'imprimé à Paris, 1833. *Amsterdam,* 1866, in-12, frontisp. br.

Papier de Hollande.

424. Les Amours du chevalier de Fosseuse, par J. Janin. *Paris, J. Miard,* 1867, in-12, br.

Papier Whatman.

425. Gaspard de la nuit, fantaisies à la manière de Rembrandt et de Callot, par Louis Bertrand; nouvelle édition, augmentée de pièces en prose, etc., par M. Ch. Asselineau. *Bruxelles et Paris*, 1868, pet. in-12, frontisp. br.

PAPIER DE HOLLANDE, frontispice sur papier de Chine, par Rops.

426. La Ménagerie intime, par Th. Gautier. *Paris, Alph. Lemerre*, 1869, in-12, br.

ÉDITION ORIGINALE.

427. Les Jeune-France, romans goguenards, suivis de Contes humoristiques, par Théophile Gautier. *Paris, Charpentier*, 1873, in-12, br.

PAPIER DE HOLLANDE, très-rare.

428. Le Fou des Tuileries, charmeur de palombes, par l'auteur du Faubourg Saint-Germain. *Paris, Alcan-Lévy*, *s. d.*, in-12, br.

429. Chronique du règne de Charles IX, par Prosper Mérimée, illustrée de trente et une compositions dessinées et gravées à l'eau-forte par Edmond Morin. *Paris, imprimé pour les amis des livres*, 1876, 2 part. in-8, frontisp. et vign. br.

Tiré à 100 exemplaires, et non mis dans le commerce.

430. Les Contes de Pogge, Florentin, avec introduction et notes par P. Ristelhuber. *Paris, Alph. Lemerre*, 1867, in-12, br.

Très-rare.

431. L'Ingénieux hidalgo Don Quichotte de la Manche, par Miguel de Cervantès Saavedra, traduction de Louis Viardot, avec les dessins de Gustave Doré, gravés par H. Pisan. *Paris, librairie Hachette*, 1863, 2 vol. in-fol. portr. et fig. demi-rel. dos et coins de mar. rouge, tête dor. éb. (*David.*)

GRAND PAPIER, avec les figures tirées sur papier de Chine.

432. La Vie et Avantures de Lazarille de Tormes, écrites par lui-même (par Hurtardo de Mendoza, traduction nouvelle, embellie de figures). *A Bruxelles, chez George de Backer*, 1702, 2 vol. in-12, portr. et fig. — De l'Indécence aux hommes d'accoucher les femmes et de l'obligation aux femmes de nourrir leurs enfants. *A Trévoux, et se vend à Paris, chez J. Etienne*, 1708, 2 part. in-12. Ens. 4 part. rel. en 1 vol. veau brun.

433. Voyages de Gulliver (traduit de l'anglais de Swift). *Paris, Pierre Didot, an V*, 1797, 4 tomes en 2 vol. pet.

in-12, frontisp. et fig. demi-rel. dos et coins de mar. rouge, tr. dor.

PAPIER VÉLIN, édition Bleuet, avec les jolies figures de Lefebvre, AVANT LA LETTRE.

434. Tom Jones, ou Histoire d'un enfant trouvé, par Fielding, traduction nouvelle et complète (par le comte de la Bédoyère), ornée de douze gravures. *Paris, impr. de Firmin-Didot*, 1833, 4 vol. in-8, fig. demi-rel. dos et coins de mar. vert, tête dor. non rogné. (*Allô.*)

Exemplaire en GRAND PAPIER VÉLIN, avec les figures de Moreau le jeune sur chine, avant et avec la lettre. On y a ajouté une autre charmante suite de figures par Corbould, Singleton, etc., gravée par Waren, Grignion, etc., ainsi que la suite de Gravelot.

435. Aventures du baron de Münchhausen, traduction nouvelle par Théophile Gautier fils, illustrées par G. Doré. *Paris, Ch. Furne, s. d.*, in-4, fig. demi-rel. dos et coins de mar. rouge, tête dor. éb. (*David.*)

PREMIÈRE ÉDITION, avec les illustrations de Gustave Doré.

436. Revue des romans, recueil d'analyses raisonnées des productions remarquables des plus célèbres romanciers français et étrangers, etc., par Eusèbe G. *Paris, Firmin-Didot*, 1839, 2 vol. in-8, br.

Cet ouvrage contient un essai de bibliographie spéciale des romans.

V. CRITIQUE, SATIRE, FACÉTIES, ENTRETIENS.

437. La Lorgnette littéraire, dictionnaire des grands et des petits auteurs de mon temps, par Charles Monselet. *Paris, Poulet-Malassis et de Broise*, 1857, in-12, br.

Rare. Le complément publié en 1870 s'y trouve.

438. Revue fantaisiste. *Paris*, 1861, in-8, fig. en liv.

19 livraisons et 14 eaux-fortes; complet.

439. La Petite Revue. *Paris, R. Pincebourde*, 1864-66, 12 vol. in-8. br.

Collection complète.

440. Apologie pour Hérodote, ou Traité de la Conformité des merveilles anciennes et modernes, par Henri Estienne; nouvelle édition avec des remarques, par M. Le Duchat. *A la Haye, chez Henri Scheurleer*, 1735, 2 tomes en 3 vol. pet. in-8, mar. rouge, jans. tr. dor. (*Brany.*)

441. La Polymachie des marmitons, ou la Gendarmerie du pape, en laquelle est amplement descrit l'ordre que le pape veut tenir en l'armée, qu'il veut mettre sus pour l'eslevement de sa marmite, avec le nombre des capitaines et soldats qu'il veut armer pour mettre en campagne. *A Lyon, par Jean Saugrain*, 1563, in-8, vélin.

Réimpression faite à Lyon en 1806 et tirée à 27 exemplaires.

442. Taxe de la chancellerie romaine et de la banque du pape où l'absolution des crimes les plus énormes se donne pour de l'argent, etc. (par Ant. du Pinet), et augmenté d'une nouvelle préface (par Renvut). *Londres*, 1701, in-8, veau marbré.

443. Taxes des parties casuelles de la boutique du pape, rédigées par Jean XXII et publiées par Léon X, pour l'absolution (argent comptant) de toute espèce de crimes, avec la fleur des cas de conscience décidés par les jésuites, etc., publié par M. Julien de Saint-Acheul, seconde édition. *Paris, Brissot-Thivars*, 1821, in-8, cart. n. r.

444. Satyres chrestiennes de la cuisine papale. *S. l., imprimé par Conrad Badius*, 1560. (*Genève, J.-G. Fick*, 1857), in-8, b.

445. Le Passe-Partout des pères jésuites, apporté d'Italie par le docteur de Palestine, et nouvellement traduit de l'italien, imprimé à Rome. *S. l., l'an* 1607, in-12, mar. brun, jans. tr. dor. (*Brany.*)

446. Bayle en petit, ou Anatomie de ses ouvrages. *S. l.*, 1737, in-8, br.

447. Le Cymbalum Mundi précédé des Récréations et joyeux devis de Bonaventure des Periers, nouvelle édition, revue et corrigée, etc., par P. L. Jacob. *Paris, Ad. Delahays*, 1858, in-12, cart. n. r.

De la Bibliothèque gauloise.

448. Du Rôle des coups de bâton dans les relations sociales et en particulier dans l'histoire littéraire, par Victor Fournel. *Paris, A. Delahays*, 1858, in-18, demi-rel. dos et coins de mar. brun, tête dor. n. r.

449. Le Musée secret de Paris, par Charles Monselet. *Paris, Michel Lévy, s. d.*, in-18, cart. n. r.

De la collection Hetzel. Rare.

450. Le Cochon mitré. *A Paris, Panckoucke*, 1850, in-12, demi-rel. veau.

Réimpression à petit nombre.

451. Petit Dictionnaire de la cour et de la ville, par un courtisan de toutes les bannières. *Paris*, 1826, in-12, cart. n. r.

452. Maria Stella, ou Échange criminel d'une demoiselle du plus haut rang contre un garçon de la condition la plus vile. *Paris*, 1832, in-8, portr. demi-rel. mar. vert.

453. Bibliothèque facétieuse, historique et singulière, ou réimpression des pièces curieuses, rares ou peu connues des XVe, XVIe ou XVIIe siècles. *Paris, A. Claudin*, 1858, in-12, br.

PAPIER DE CHINE.

454. Sensuit le sermon des frappe C*** et fort joyeux, avec la response de la dame. *Paris, s. d.*, pet. in-8, goth. — Les Étrennes des Filles de Paris. *S. l. n. d.*, pet. in-8, goth. Ensemble 2 vol. pet. in-8, demi-rel. veau.

Réimpression à 60 exemplaires.

455. Sermon joyeulx. *S. l. n. d.* (*Grenoble, impr. de Prudhomme*, 1835), in-12, goth. de 4 ff. br.

Réimpression à 42 exemplaires.

456. Discours joyeux en façon de sermon, faict avec notable industrie par deffunct maistre Jean Pinard. *A Auxerre, par Pierre Vetard*, 1607 (*Paris, Jannet*, 1851), in-12, br.

Réimpression donnée par M. A. Veinant et tirée à 62 exemplaires.

457. Le Débat des lavandières de Paris avec leur caquet. *A Rouen, chez Abraham Cousturier, s. d.* (*Paris*, 1830), in-12, demi-rel. veau.

Tiré à 42 exemplaires.

458. Le Plaisant Discours d'un médecin savoyart emprisonné pour avoir donné au duc de Savoye le conseil de ne croire son devin. *S. l.*, 1600. (*Paris, impr. Laisne*), in-12, br.

Réimpression à petit nombre.

459. Histoire secrette du prince Croqu'étron et de la princesse Foirette. *A Gringuenaude, chez Vincent d'Avalos, s. d.*, in-12, br.

Réimpression faite à Lille.

460. Poésies facétieuses et bons mots de Bruscambille, comédien original. *A Bruxelles, chez Charles Savoret*, 1709, in-12, mar. rouge, dos orné, fil. tr. dor. (*Lortic.*)

Jolie édition.

461. Recueil des plaisans devis récités par les supposts du

seigneur de la Coquille. *Lyon, par Louis Perrin*, 1857, in-8, br.

Rare.

462. La Magnifique Dodoxologie du festu, par M. Sébastien Rouillard. *A Paris, chez Jean Millot*, 1610, in-8, veau rac. tr. dor. (*Cuzin.*)

463. Le Bragardissime et joyeux Testament de la Bière, etc. *S. l.*, 1611. *Arras, impr. Rousseau*, pet. in-8, br.

Réimpression d'après un exemplaire appartenant à M. le baron Pichon.

464. Histoire du prince Apprius, etc., extraite des fastes du monde, depuis sa création; manuscrit persan trouvé dans la bibliothèque de Schah-Houssain, roi de Perse, détrôné par Mamouth en 1722, traduction françoise par messire Esprit (de Beauchamps), gentilhomme provençal servant dans les troupes de Perse. *Imprimé à Constantinople l'année présente* (*Paris, vers* 1722), in-12, demi-rel. veau bleu, tr. marbré.

465. Le Pot-Pourri de Ville-d'Avray, par Moreau, historiographe de France. *A Paris, de l'impr. de Monsieur*, 1781, in-12, veau tr. dor.

466. Petit Traicté contre l'abominable vice de paillardise et adultère qui est aujourd'huy en coustume, etc. *A la Haye, chez Arnoult Meuris*, 1629, in-12, br.

Réimpression faite à Lille en 1868 et tirée à 200 exemplaires.

467. Recueil de chevauchées de l'asne faites à Lyon en 1566 et 1578, augmenté d'une complainte inédite du temps sur les maris battus par leurs femmes. *Lyon, Scheuring*, 1862, in-8, front. br.

468. Estrenes de l'asne, par J. de Fonteny. *Paris, D. Binet*, 1590. (*Arras, impr. Rousseau-Leroy*), in-8, br.

Réimpression à très-petit nombre.

469. Éloge de l'ane, lu dans la séance académique par Christophe Philonagne (J.-Jos. Coyot). *Aux dépens du Loisir*, 1782, in-12, cart. n. r.

470. Discours sur la musique zéphyrienne, adressée aux vénérables crépitophiles, opuscule facétieux d'Emmanuel Marti. *Paris, Willem*, 1873, in-8, br.

Papier teinté.

471. Les Mystifications de Caillot-Duval, avec un choix de ses lettres les plus étonnantes, suivies des réponses de ses victimes, introduction et éclaircissements par Lorédan

Larchey. *Paris*, *Pincebourde*, 1864, in-12, front. mar. rouge, jans. tr. dor. (*Aug. Petit.*)

Papier de Chine, tiré à 10 exemplaires. De la Bibliothèque originale ; le frontispice est en trois états.

472. Le Paradis des gens de lettres, selon ce qui a été vu et entendu par Ch. Asselineau, l'an du Seigneur 1861. *Paris*, *Poulet-Malassis*, 1862, in-12, front. demi-rel. dos et coins de mar. vert, tête dor. éb. (*Alló.*)

Rare.

473. Les Quinze Joyes de mariage, ouvrage très-ancien, auquel on a joint le Blason des fausses amours, le Loyer des folles amours et le Triomphe des Muses contre Amour (par G. Alexis), le tout enrichi de remarques et de diverses leçons (par Le Duchat). *A la Haye, chez A. de Rogissart*, 1734, in-12, mar. rouge, dos orné, fil. tr. dor.

Exemplaire grand de marges ; un raccommodage à la page 25.

474. Les Quinze Joies de mariage. *Paris, Techener*, 1837. 2 tomes en 1 vol. in-12, pl. demi-rel. dos et coins de mar. rouge, tête dor. éb.

Papier de Hollande, tiré à 100 exemplaires.

475. Les Courtisanes grecques, par Emile Deschanel, avec une préface de Jules Janin, troisième édition. *Paris, Michel Lévy*, 1859, in-18, br.

Un des plus rares volumes de la collection Hetzel.

476. Apologie faicte par le grand abbé des Conardz, etc., suivie de la réponse à l'abbé des Conardz de Rouen. *Paris, de l'imprimerie de Panckouke*, 1854, in-12, mar. rouge, dos orné, fil. tr. dor. (*Capé.*)

Réimpression à 18 exemplaires, très-rare.

477. La Constitution des amours, ou leur nouveau et meilleur régime pour le bonheur des amours. *A Paris, chez Froullé*, 1793, in-13, cart.

478. De l'Amour et de la Jalousie, par P.-J. Stahl, quatrième édition, suivie comme appendice de ce que l'on a dit de la jalousie. *Paris, Michel Lévy, s. d.*, in-18, br.

De la collection Hetzel, rare.

479. Les Galanteries du XVIIIe siècle, par Charles Monselet. *Paris, Michel Lévy*, 1862, in-12, br.

480. L'Amour au XVIIIe siècle, par Edm. et J. de Goncourt. *Paris, E. Dentu*, 1875, in-12, front. et vign. br.

Papier Whatman, très-rare.

481. Physiologie du mariage, ou Méditations de philosophie éclectique sur le bonheur et le malheur conjugal, par M. H. de Balzac. *Paris, Charpentier*, 1838, in-12, demi-rel. veau bleu.

482. Le Plaisant Discours et advertissement aux nouvelles mariées pour se bien et proprement comporter la première nuict de leur nopces, etc. *Strasbourg, Salomon*, 1851, in-8, goth. br.

Tiré à 99 exemplaires.

483. Sermon pour la consolation des C..., suivi de plusieurs autres, comme celui du curé de Colignac, etc. *A Ambroise, chez Jean Coucou*, 1751, in-12, br.

484. Dissertation étymologique, historique et critique sur les diverses origines du mot C..., et avec notes et pièces justificatives par un membre de l'Académie de Blois. *Blois*, 1835, in-12, br.

Tiré à 71 exemplaires.

485. La Semonce faicte à Paris des C... en may Ve XXXV, publié pour la première fois d'après un manuscrit de la bibliothèque de Soissons. *Paris, Acad. des bibliophiles*, 1866, in-12, br.

486. Mitistoire de Fanfreluche et Gaudichon, trouvée depuis n'aguère d'une exemplaire escrite à la main, de la valeur de dix atomes, etc. *On les vend à Lyon, par Jean Dieppi*, 1574. (*Paris, Crapelet*, 1850), in-12, br.

Réimpression donnée par M. A. Veinant et tirée à 62 exemplaires.

487. Vengeance des femmes contre les hommes, satyre nouvelle contre le luxe des femmes, etc. *Paris*, 1704 (*Lille, s. d.*), in-12, br.

Réimpression à 100 exemplaires.

488. Manuel des maris, ou Philosophie du mariage, par Th. Revel. *Paris, Alph. Leclerc*, 1859, in-12, br.

489. Physiologie de la femme, par Étienne de Neufville, illustrations de Gavarni. *Paris, J. Laisné*, 1842, in-18, fig. br.

Très-jolies vignettes de Gavarni.

490. L'Art de rendre les femmes fidelles, par M***. *A Paris, chez la veuve Laisné*, 1713, in-12, veau.

ÉDITION ORIGINALE.

491. Ces Monstres de femmes, par Pierre Véron. *Paris, Lévy*, 1875, in-12, br.

492. Récit exact de ce qui s'est passé à la séance de la Société des observateurs de la femme le mardi 2 novembre 1802, par l'auteur de Raison, Folie, etc. *Paris, chez Deterville*, 1803, in-12, br.

493. Le Bien qu'on a dit des femmes, par Émile Deschanel. *Paris, Michel Lévy*, 1855, in-18, br.

De la collection Hetzel, rare.

494. Le Mal qu'on a dit des femmes, par Émile Deschanel. *Paris, Michel Lévy*, 1855, in-18, br.

De la collection Hetzel.

495. Le Mal qu'on a dit de l'amour, par Émile Deschanel, deuxième édition. *Paris, Michel Lévy, s. d.*, in-8, br.

De la collection Hetzel.

496. Ce qu'on a dit de la fidélité et de l'infidélité, par Larchey et P.-J. Jullien. *Paris, Michel Lévy*, 1858, in-18, cart. n. r.

De la collection Hetzel, rare.

497. Le Droit des femmes au luxe et à la toilette, quatrième édition. *Paris, s. d.*, in-12, br.

498. La Lorette, par Edm. et J. de Goncourt, vignette par Gavarni, troisième édition. *Paris, E. Dentu, s. d.*, pet. in-32, cart. n. r.

Très-rare. Une jolie figure par Gavarni.

499. Le Grand et le Petit Trottoir, par Alfred Delvau. *Paris, A. Faure*, 1866, in-12, br.

500. Paradoxes, ou Sentences débattues et élégamment déduites contre la commune opinion; revu et augmenté. *Lyon, Thibaud-Payan*, 1555, in-8, mar. vert, éb.

Exemplaire court de marges.

501. Rodomontades espagnoles, recueillies de divers autheurs et notamment du capitaine Escardon-Bonbardon. *Paris, chez P. Chevalier*, 1607, pet. in-8, demi-rel. mar. brun.

502. Recherches historiques et philologiques sur la philotésie, ou usage de boire à la santé, chez les anciens, au moyen âge et chez les modernes, par Gabriel Peignot. *Dijon, Victor Lagier*, 1836, in-8, dérel.

Tiré à 150 exemplaires.

503. Vins à la mode et Cabarets au XVIIe siècle, par Albert

de la Fizelière, frontispice à l'eau-forte de Maxime Lalanne. *Paris, chez René Pincebourde*, 1866, in-12, front. broché.

Tiré à petit nombre.

504. Les Entretiens galants d'Aristippe et d'Axiane, contenant le langage des tetons et leur panégyrique, le Dialogue du fard, etc. *Paris, Barbin*, 1664, in-12, mar. rouge, dos orné, fil. tr. dor. (*Allô*).

Livre singulier.

505. Les Entretiens curieux de Tartufe et de Rabelais sur les femmes, par le sieur Daillhière. *A Middelbourg, Ch.-G. Horthemels*, 1688, in-12, demi-rel. dos et coins de mar. violet.

506. La Vie et les bons mots de M. de Santeuil, avec plusieurs pièces de poésie, de mélanges, etc. *A Cologne, chez Aubr. l'Enclume*, 1735, 2 tomes en 1 vol. in-12, veau.

VI. ÉPISTOLAIRES. POLYGRAPHES. COLLECTIONS.

507. Conseils à une jeune femme, ou Lettres d'Augustine L. M. (Le Marcis) à Pauline de N. (de Noailles), le tout composé par P. Mar. (Le Marcis). *Paris, Pihan-Delaforest*, 1826, in-18, br.

Petit livre très-rare et non mis dans le commerce.

508. Lettres d'Alexis Piron à M. Maret. *Lyon, impr. L. Perrin*, 1860, in-8, demi-rel. dos et coins de mar. orange, tête dor. éb.

509. Lettres de Gabriel Peignot à son ami N.-D. Baulmont, mises en ordre et publiées par Émile Peignot, son petit-fils. *A Dijon, Lamarche et Drouelle*, 1857, in-8, portrait, broché.

510. Œuvres du seigneur de Brantome, nouvelle édition, considérablement augmentée et accompagnée de remarques historiques et critiques, par Le Duchat, Lancelot et Prosp. Marchand. *A la Haye, aux dépens du libraire*, 1740, 15 vol. pet. in-12, mar. citron, dos orné, fil. tr. dor. (*Rel. anc.*)

Superbe exemplaire de cette jolie édition.

511. Œuvres de Machiavel, nouvelle édition augmentée de l'Anti-Machiavel et autres pièces. *A la Haie, aux dépens de*

la Compagnie, 1743, 6 vol. in-12, mar. rouge, dos orné, fil. tr. dor. (*Derome.*)

Aux armes du MARQUIS DE COISLIN.

512. Œuvres de Gœthe, traduction nouvelle par Jacques Porchat. *Paris, librairie Hachette*, 10 tom. en 1 vol. in-8. — Œuvres de Schiller, traduction nouvelle par Ad. Renier. *Paris, librairie Hachette*, 1859-61, 8 vol. in-8. — Ensemble 18 tomes en 19 vol. in-8, br.

PAPIER DE HOLLANDE.

513. Mélanges de littérature et d'histoire, recueillis et publiés par la Société des bibliophiles françois. *Paris, de l'imprimerie de Crapelet*, 1850, in-8, demi-rel. dos et coins de mar. rouge, tête dor. éb. (*Capé.*)

Exemplaire de Jules Janin, avec son ex-libris.

514. Macaroniana, nouveaux mélanges de littérature macaronique, par Octave Delepierre. *Londres, N. Trubner*, 1862, in-8, cart. non rog.

515. Macaroniana, ou Mélanges de littérature macaronique des différents peuples de l'Europe, par M. Octave Delepierre. *Paris*, 1852, in-8, br.

516. Le Trésor des pièces rares ou inédites. *Paris, Auguste Aubry*, 1855-66, 20 vol. pet. in-8, portr. et fig. cart. toile, non rog.

Cette collection, éditée avec le plus grand soin, se compose des ouvrages suivants : La Ruelle mal assortie. — La Vieille, ou les dernières amours d'Ovide. — Paris au XIIIe siècle. — Le Blason des couleurs. — Les Jeux d'esprit. — L'Enlèvement innocent. — Voyage en Russie. — Chants historiques et populaires. — Jeanne d'Arc.

HISTOIRE.

I. VOYAGES. HISTOIRE ANCIENNE.

517. Journal du voyage de Vasco de Gama en 1497, traduit du portugais par Arthur Morelet. *Lyon, impr. L. Perrin*, 1864, in-4, portr. br.

518. Bref Récit de la navigation faite en 1535 et 1536 par le capitaine Jacques Cartier, aux îles de Canada et autres ;

réimpression figurée de l'édition originale, précédée d'une introduction historique par M. d'Avezac. *Paris, Tross*, 1863, in-8, br.

Rare.

519. Atlas historique et universel de géographie ancienne, du moyen âge et moderne, par MM. A. Dufour et Duvotenay. *Paris, Aug. Logerot, s. d.* in-fol. pl. demi-rel.

520. Lettres familières d'Italie à quelques amis, en 1739 et 1740, par Ch. de Brosses, avec une étude littéraire par Hippolyte Barbou. *Paris, Poulet-Malassis et de Broise*, 1858, 2 vol. in-12, br.

521. Constantinople, par Théophile Gautier. *Paris, Michel Lévy*, 1853, in-12, br.

ÉDITION ORIGINALE.

522. Le premier volume (et le second) de la Mer des Histoires auquel et le second ensuyvant est contenu, tant du Vieil Testament que du Nouveau, toutes les hystoires, actes et faits dignes de mémoire, puis la création du monde jusqu'en lan mil cinq cens L. selon la cote et date des ans, etc. *On les vend à Paris, en la rue Saint-Jacques, à l'enseigne de la fleur de lys, par Oudin-Petit et les Angeliers, s. d.* 2 tomes en 1 vol. in-fol. fig. et pl. basane.

523. Essai historique, politique et moral, sur les révolutions anciennes et modernes jusques et y compris l'époque du 18 brumaire an VIII, précédé d'un Abrégé raisonné de la Révolution française, par Chateaubriand. *Paris, Michel, s. d.* (1797), in-8, br.

524. Fleurs historiques des dames et des gens du monde, clef des allusions aux faits et aux mots célèbres que l'on rencontre fréquemment dans les ouvrages des écrivains français, par M.P. Larousse. *Paris, Larousse et Boyer, s.d.* in-8, phot. demi-rel. mar. brun.

525. Le Violier des histoires romaines, ancienne traduction française des Gesta Romanorum, par M. G. Brunet. *Paris, P. Jannet*, 1858, in-12, cart. n. rog.

Rare.

526. Histoire romaine, par Théodore Momsen, traduite par C. et Alexandre. *Paris, A. Frank*, 1863-72, 8 vol. in-8, broché.

PAPIER DE HOLLANDE, très-rare.

527. Histoire de Jules César. *Paris, Impr. impériale*, 1865-66, 2 vol. in-4, cartes, demi-rel. dos et coins de mar. rouge, tête dor. éb. (*David.*)

II. HISTOIRE DE FRANCE.

528. Croniques des roys de France, sommairement traitant la vie, gestes et faits illustres d'iceux; contenant les choses plus mémorables advenuës de leur temps : començant à Pharamond premier roy : jusques à Henry troisième de ce nom, roy de France et de Pologne, à présent régnant; avec l'effigie de chacun roy, représentée au plus près du naturel; nouvellement reveuës et augmentées. *A Paris, chez Simon Calvarin,* 1585, in-8, portr. veau fauve, fil. tr. dor.

Ouvrage orné de 62 portraits en médaillon.

529. Abrégé de l'histoire de France, en vers, par le sieur de Bérigny. *A Paris, chez Nicolas Pépingué,* 1679, in-12, front. veau.

530. Le Réveil de Chyndonax, prince des vacies, druydes celtiques, Dijonnois, avec la saincteté, religion, et diversité des cérémonies observées aux anciennes sépultures, par J. G. D. M. (Jean Guénebaud, médecin). *Dijon, Claude Guyot,* 1621, in-4, pl. veau.

531. Conquêtes du grand Charlemagne, roi de France, avec ses faits héroïques, etc. *A Troyes, chez Garnier, s. d.,* in-12, br. rog.

532. Chronique de Charles VII, roi de France, par Jean Chartier; nouvelle édition, revue sur les manuscrits, suivie de divers fragments inédits, publiée avec des notes, etc., par Vallet de Viriville. *Paris, P. Jannet,* 1868, 3 vol. in-12, cart. n. rog.

533. Siège d'Orléans et autres villes de l'Orléanais, chronique métrique, relative à Jeanne d'Arc, par Martial de Paris. *Orléans, Herluison,* 1866, in-12, portr. br.

Tiré à 100 exemplaires.

534. Siège d'Orléans en 1429, mémoire sur les dépenses faites par les Orléanais en prévision du siège et pendant sa durée, etc., par Vergnaud-Romagnési. *Paris, Aubry,* 1861, in-8, br.

Tiré à 52 exemplaires.

535. Chroniques françoises de Jacques Gondar, clerc, publiées par F. Michel, suivies de recherches sur le style par Charles Nodier. *Paris, L. Jannet, s. d.* in-12, fig. cart. toile, non rog.

Jolie édition, imprimée en caractères gothiques.

536. Les Mémoires de messire Philippe de Commines, sieur d'Argenton, dernière édition. *A Leyde, chez les Elzeviers*, 1648, in-12, titre gravé, mar. rouge, fil. à froid, tr. dor. (*Niedrée.*)

Bel exemplaire de cette jolie édition, l'un des plus rares volumes imprimés par les Elzevier.

537. Louange de la victoire du très-crestien roy de France, obtenue en la conqueste de la ville et cyté de Naples, etc. *S. l., n. d. impr. Ad. Lainé*, pet. in-8, goth. br.

Réimpression d'après un exemplaire appartenant au baron de Lacarelle.

538. Entrées de Marie d'Angleterre, femme de Louis XII, à Abbeville et à Paris, publiées et annotées par Hipp. Cocheris. *Paris, Aug. Aubry*, 1859, in-8, demi-rel. dos et coins de mar. brun, tête dor. éb. (*Capé.*)

539. Entrée de François Ier dans la ville de Béziers, publiée et annotée par Louis Domairon. *Paris, Aubry*, 1866, in-12, demi-rel. mar. vert, tête dor. éb.

540. Recueil historique contenant la fin funeste des quatre Henris rois de France; avec l'attentat commis contre le roi Louis XV, dit le Bien-Aimé, aujourd'hui régnant, avec figures en taille-douce. *A Paris*, 1757, in-12, fig. — Histoire de Robert-François Damiens, contenant les particularités de son parricide et de son supplice. *A Amsterdam, chez Jacques Lacaze*, 1757, in-12, fig. en 1 vol. in-12, fig. veau.

Curieuses figures. On y a ajouté quelques pièces manuscrites.

541. Ordonnances du roy, concernant la police générale de son royaume. *A Rouen, chez Martin le Mesgissier*, 1567, in-12, demi-rel. veau fauve, tr. rouge.

542. Satyre Menippée, de la Vertu du catholicon d'Espagne, etc. *A Ratisbonne, chez Mathias Kerner*, 1664 (*Elz.*), in-12, pl. mar. rouge, dos orné, fil. tr. dor.

543. Discours véritable du siège mis devant la ville de Montbard en Bourgogne, par le sieur de Tavane, etc. *A Lyon, par Jean Pillehotte*, 1590, in-8, de 8 pp. vélin.

544. Le Doux et gracieux Traictement des partisans du roy de Navarre, à l'endroit des catholiques, etc. *Paris, Rob. Nivelle* (*Arras, impr. Rousseau-Leroy*), 1693, pet. in-8, br.

Réimpression à petit nombre, d'après un exemplaire appartenant à M. le comte de Lignerolles.

545. La Chemise sanglante de Henry le Grand, nouvelle édi-

tion. *A Paris, chez A. Aubry*, 1860, in-8, portr. demi-rel. dos et coins de mar. rouge, tête dor. éb. (*Capé.*)

Tiré à très-petit nombre. On a ajouté un superbe portrait de Henri IV, gravé par Saint-Aubin d'après Porbus.

546. Sermon du Cordelier aux soldats, ensemble la response des soldats au Cordelier : recueillis de plusieurs bons autheurs catholiques. *Paris, N. Lefranc*, 1612 (*Chartres, impr. Garnier fils*, 1833), in-12, br.

Réimpression à 30 exemplaires.

547. Discours de M. Guillaume et de Jacques Bonhomme, paysant, sur la défaicte de trente-cinq poules et le cocq faicte en un souper, par trois soldats. *S. l.*, 1614, pet. in-8, de 4 ff. br.

548. Cruels Effets de la vengeance du cardinal de Richelieu, ou Histoire des diables de Loudun, possession des religieuses Ursulines, et de la condamnation d'Urbain Grandier (par Aubin). *Amsterdam, Et. Roger*, 1716, in-12, front. demi-rel. dos et coins de mar. rouge, tête dor. éb. (*Allô.*)

Cette édition a été augmentée d'un avertissement et d'une page supplémentaire.

549. Les Mémoires de Henri Campion, nouvelle édition suivie d'un choix des lettres d'Alexandre de Campion, avec des notes par M. C. Moreau. *Paris, Jannet*, 1857, in-12, cart. n. r.

550. Mémoires de madame de la Guette, avec une préface-notice de M. Moreau. *Alençon* (*Poulet-Malassis*), 1856, in-12, br.

551. Documents authentiques et détails curieux sur les dépenses de Louis XIV, en bâtimens et châteaux royaux, en gratifications et pensions, etc.; le tout accompagné de notes historiques entremêlées de quelques lettres de Louis XIV, de Mlle de Montpensier, du duc d'Estrées, de Colbert, etc., par Gabriel Peignot. *Paris, Jules Renouard*, 1817, in-8, port. br.

552. Commission de lieutenant donnée au sieur de Launoy. 1703, 1 feuille sur parchemin.

Cette pièce est signée par Louis XIV et contre-signée par Chamillart.

553. Mazarinades, ou les Pot... à c.., par le sieur de Lavalise. La Dernière Soupe à l'ognon pour Mazarin, etc. *Paris* (*Lille*), 1649 (*s. d.*), in-12, br.

Réimpression à 100 exemplaires.

554. Quelques Lettres de Louis XIV et des princes de sa famille, 1688-1713. *Paris, A. Aubry*, 1872, in-8, demi-rel. dos et coins de mar. rouge, tête dor. éb. (*Capé.*)

PAPIER VERGÉ ; tiré à 6 exemplaires.

555. Madame de Maintenon et sa famille, lettres et documents inédits, publiés sur les manuscrits autographes originaux, avec une introduction, des notes et une conclusion par Honoré Bonhomme. *Paris, Didier*, 1863, in-12, br.

PAPIER DE HOLLANDE.

556. XVIIIe Siècle, par Paul Lacroix. *Paris, F.-Didot*, 1875-1878, 2 vol. gr. in-8, front. vign. et fig. en feuilles.

PAPIER DE CHINE. Ouvrage orné d'un grand nombre de chromolithographies, de figures et de vignettes d'après les principaux maîtres du XVIIIe siècle.

557. Le Président de Brosses, histoire des lettres et des parlements au XVIIIe siècle, par Th. Foisset. *Paris, Olivier-Fulgence*, 1842, in-8, demi-rel. mar. violet.

558. Notes de René d'Argenson, lieutenant général de police, intéressantes pour l'histoire des mœurs et de la police de Paris à la fin du règne de Louis XIV. *Paris, Fréd. Henry*, 1866, in-12, br.

559. Mémoires historiques et correspondance de Madame la duchesse d'Orléans, princesse Palatine, mère du Régent, précédés d'une notice par Ph. Busoni. *Paris, chez Paulin*, 1832, in-8, br.

560. Vie de Louis-Philippe-Joseph, duc d'Orléans, traduite de l'anglois par M. R. D. W. *A Londres, de l'impr. du Palais de Saint-James*, 1789, in-8, br.

561. Vie politique et privée de Louis-Joseph de Condé, prince du sang. *A Chantilly, et se trouve à Paris*, 1790, in-8, portr. br.

562. Testament politique du duc de Lorraine, édition nouvelle, précédée d'une notice bibliographique (par M. A. de Montaiglon). *Paris, Acad. des bibliophiles*, 1866, in-12, br.

563. Mémoires de madame la duchesse de Brancas sur Louis XV et Mlle de Châteauroux, édition augmentée d'une préface et de notes par Louis Lacour. *S. l.* (*Paris*), 1865, in-12, br.

564. Le Comte de Clermont, sa cour et ses maîtresses; lettres familières, recherches et documents inédits publiés

par Jules Cousin. *Paris, Acad. des bibliophiles,* 1867, 2 vol. in-12, front. br.

565. Le Comte de Clermont et sa cour, étude historique et critique par C.-A. Sainte-Beuve. *Paris, Acad. des bibliophiles,* 1868, in-12, br.

566. Mémoires de madame la marquise de Pompadour, où l'on découvre les motifs des guerres et des traités de paix, etc., écrits par elle-même. *Liège,* 1775, 2 vol. in-12, cart. n. r.

567. Correspondance de madame de Pompadour avec son père M. Poisson et son frère M. de Vandières, publiée pour la première fois par M. A. P.-Malassis. *Paris, J. Baur,* 1878, in-8, portr. br.

Papier vergé, avec les deux portraits en double état, avant et avec la lettre.

568. Mémoires et correspondance de la marquise de Courcelles, publiés d'après les manuscrits avec une notice, des notes et les pièces justificatives, par M. Paul Pougin. *Paris, chez P. Jannet,* 1855, in-12, cart. n. r.

569. Journal historique, ou Mémoires critiques et littéraires sur les ouvrages dramatiques et sur les événemens les plus mémorables, depuis 1748 jusqu'en 1772 inclusivement, par Ch. Collé, imprimés sur le manuscrit de l'auteur et précédés d'une notice sur sa vie et ses écrits (par Ant.-Alex. Barbier). *Paris,* 1807, 3 vol. in-8, demi-rel. bas.

570. Histoire d'une détention de trente-cinq ans dans les prisons de l'État, écrite par le prisonnier lui-même (Latude). *Amsterdam,* 1788, in-8, dérel.

571. La Lanterne magique patriotique, ou le Coup de grâce de l'aristocratie, par M. Dorfeuille. *Châtellerault, s. d.,* in-8, cart.

572. Marie-Antoinette et la Révolution française, recherches historiques par le comte Horace de Viel-Castel, suivies des instructions morales remises par l'impératrice Marie-Thérèse à la reine Marie-Antoinette, etc. *Paris, J. Techener,* 1859, in-12, portr. et fig. demi-rel. dos et coins de mar. rouge, tête dor. éb. (*Allô.*)

Exemplaire auquel on a ajouté 20 portraits et gravures différentes.

573. Correspondance inédite de la comtesse de Sabran et du chevalier de Boufflers, 1778-1788, recueillie par E. de Magnien et Henri Prat. *Paris, Plon,* 1876, in-8, br.

Le portrait manque.

574. Testament de Louis XVI, précédé de quelques réflexions et accompagné de notes historiques (par Gabr. Peignot). *Dijon,* 1816, in-8. — Testament de Marie-Antoinette-Josèphe-Jeanne de Lorraine, etc. (par Gabr. Peignot. *Dijon,* 1816, in-8. Ensemble, 2 vol. in-8, cart. en un.

575. Mémoires de madame Roland, seule édition entièrement conforme au manuscrit autographe, publiée par C. Dauban ; ouvrage orné du portrait de madame Roland, gravé par Nargeot. *Paris, H. Plon,* 1864, in-8, portr. — Etudes sur madame Roland et son temps, suivies des lettres à Buzot, par Dauban ; ouvrage orné du portrait de Buzot, gravé par Nargeot. *Paris, H. Plon,* 1864, in-8. Ensemble 2 vol. in-8, port. br.

576. Journal du baron de Gauville, député de l'ordre de la noblesse aux Etats Généraux, depuis le 4 mars 1789 jusqu'au 1er juillet 1790, publié pour la première fois d'après le manuscrit autographe. *Paris, Gay,* 1864, in-12 br.

577. Histoire de la Révolution française depuis 1789 jusqu'en 1814, par F.-A. Mignet, sixième édition. *Paris, Firmin-Didot,* 1845, 2 vol. in-8, br.

578. L'Odieuse Profanation faicte des cercueils royaux de l'abbaye de Sainct-Denis en l'année 1793. *Impr. à Lutece en* 1868, in-12, br.

Papier de Hollande tiré à 20 exemplaires.

579. Mémoires d'un détenu pour servir à l'histoire de la tyrannie de Robespierre (par Honoré Riouffe), troisième édition. *Paris, Louvet, an III,* in-12, demi-rel. dos et coins de mar. rouge tr. peign.

580. Notice exacte de toutes les personnes nées ou domiciliées dans le départ. de la Côte-d'Or qui ont péri sur l'échafaud, etc., par Gabr. Peignot. *Paris, Aubry,* 1866, in-8, br.

Tiré à 100 exemplaires.

581. Les Travailleurs de septembre 1792, documents sur la Terreur, publiés par le comte Horace de Viel-Castel. *Paris, E. Dentu,* 1862, in-12, front. br.

582. Le Père Duchesne d'Hébert, ou Notice historique et bibliographique sur ce journal publié pendant les années 1790, 1791, 1792, 1793 et 1794 ; précédée de la vie d'Hébert, son auteur, et suivie de l'indication de ses autres ouvrages, par M. Charles Brunet. *Paris, libr. de France,*

1859, in-12, demi-rel. mar. rouge, tête dorée, non rogné.

583. Musée de la Révolution. Histoire chronologique de la Révolution française, collection de sujets dessinés par Raffet et gravés par Frilley, destinée à servir de complément à toutes les histoires de la Révolution. *Paris, Perrotin*, 1834, in-8, fig. demi-rel. veau fauve.

Volume orné d'un grand nombre de gravures; toutes sont tirées sur papier de Chine.

584. Almanach des gens de bien pour l'année 1797, seconde édition. *A Paris, chez les marchands de nouveautés*, 1797, in-12, dérel.

585. Correspondance de Napoléon Ier, publiée par ordre de l'empereur Napoléon III. *Paris, Imprimerie impériale*, 1858-1870, 28 vol. in-4 br.

Les quatre derniers volumes manquent à cet exemplaire.

586. Commentaires de Napoléon Ier. *Paris, Imprimerie impériale*, 1867, 6 vol. in-4, br.

587. Napoléon et son historien M. Thiers, par Jules Barni. *Genève*, 1865, in-12, br.

588. Buonaparte et Murat, ravisseurs d'une jeune femme, et quelques-uns de leurs complices de ce rapt, devant le tribunal de première instance du département de la Seine; mémoire historique écrit par le mari outragé J.-H.-F. Revel. *A Paris, de l'imprimerie de L.-G. Michaud*, 1815, in-12, demi-rel. dos et coins de mar. vert, tête dor. non rogn. (*Cuzin.*)

589. Waterloo. Au général Bourmont, par Méry et Barthélemy, orné d'une vignette dessinée par Henri Monnier et gravée par Thompson. *Paris, A.-J. Denain*, 1829. in-8, br.

590. La Défection de Marmont en 1814, ouvrage suivi d'un grand nombre de documents inédits ou peu connus, etc., par Rapetti. *Paris, Poulet-Malassis et de Broise*, 1858, in-8, br.

591. Mémoires secrets et témoignages authentiques accompagnés de remarques sur la part de nos gouvernements dans nos révolutions et d'un fac-simile de l'abdication de Louis-Philippe, publié pour la première fois d'après l'original. *Paris, librairie des bibliophiles*, 1875, in-8, fac-simile, br.

592. Physiologie de la poire, par Louis Benoît, jardinier

(Peytel). *Paris, chez les libraires de la place de la Bourse,* 1832, in-8, br.

ÉDITION ORIGINALE.

593. Le Prince royal, par Jules Janin. *Paris, Ernest Bourdin, s. d.*, in-12, portr. br.

Joli portrait sur papier de Chine, par Charlet.

594. Mémoires de Canler, ancien chef du service de sûreté. *Paris, Hetzel, s. d.*, in-12, demi-rel. mar. bleuet, tête dor. n. rog.

Très-rare.

— Le même, in-12, br.

595. Les Postes en 1848, par Étienne Arago. *Paris, Dentu,* 1867, in-8, br.

596. Ma Mission en Prusse, par le comte Benedetti. *Paris, H. Plon*, 1871, in-8, *broché neuf.*

597. Histoire des sociétés secrètes et du parti républicain, de 1830 à 1848, etc., par Lucien Delahodde. *Paris, J. Lanier,* 1850, in-8, br.

598. Les Murailles révolutionnaires de 1848, collection de décrets, bulletins de la République, etc., précédés d'une préface d'Alfred Delvau; seizième édition, illustrée de portraits, etc. *Paris, Picard,* 1868, 2 vol. in-4, portr. et fig. *en livraisons.*

599. Journal officiel de la République française du 18 mars au 24 mai inclusivement 1871. In-fol. en feuilles.

Collection complète des numéros ayant paru pendant la Commune. Le dernier numéro est très-rare.

600. Dictionnaire de la Commune et des communeux, par le chevalier d'Alix. *La Rochelle, s. d.* (1871), in-12, br.

PAPIER DE HOLLANDE.

601. Les Institutions militaires de la France, par M. le duc d'Aumale. *Bruxelles, C. Muquart,* 1867, in-4, br.

Tiré à 115 exemplaires.

602. L'Armée française en 1867 (par le général Trochu), septième édition. *Paris, Amyot,* 1867, in-8, br.

III. HISTOIRE DE PARIS ET DES PROVINCES.

603. Histoire générale de Paris. Introduction. *Paris, Impr. impériale,* 1866, in-4. — Topographie historique du vieux Paris, par Adolphe Berty. Région du Louvre et des Tuileries, tome I. *Paris, Impr. impériale,* 1866, in-4, fig. — Les Anciennes Bibliothèques de Paris, églises, monastères, collèges, etc., par Alfr. Franklin. *Paris, Impr. impériale,* 1867, in-4, fig. Ensemble 3 vol. in-4. fig. cart. n. rog.

604. Entrée de Charles IX à Paris le 6 mars 1571. *Paris, Aubry,* 1858, in-8, br.

Réimpression à 50 exemplaires.

605. Le Parlement de Paris, son organisation, ses premiers présidents et procureurs généraux, etc., 1334-1859, par Ch. Desmaze. *Paris, Michel Lévy,* 1859, in-8, br.

606. Le Châtelet de Paris, son organisation, ses privilèges, prévosts, conseillers, etc., 1060-1862, par Charles Desmaze. *Paris, Didier,* 1863, in-8, br.

607. Le Gibet de Montfaucon, études sur le vieux Paris. Gibets, échelles, piloris, etc., par Firmin Maillard. *Paris, Aubry,* 1863, in-12, front. br.

608. La Bibliothèque impériale, son organisation, son catalogue, par Alfred Franklin. *A Paris, A. Aubry,* 1861, in-8, demi-rel. dos et coins de mar. rouge, tête dor. éb. (*Capé.*)

609. L'Hôtel de Carnavalet, notice historique par J.-M. Verdot, deuxième édition. *Paris, Auguste Aubry,* 1865, in-8, br.

610. L'Hôtel de Beauvais (rue Saint-Antoine), esquisse historique, par Jules Cousin. *Paris, Revue universelle des arts,* 1865, in-8, front. et fig. br.

Papier de Hollande.

611. Almanach des prisons de Paris, ou anecdotes sur le régime intérieur de la Conciergerie, du Luxembourg, etc., et sur différents prisonniers qui ont habité ces maisons sous la tyrannie de Robespierre, avec les chansons, couplets, qui y ont été faits. *A Paris, chez Michel, l'an III,* 3 vol. in-12, fig. br.

612. La Coutume de Paris, mise en vers par M. G*** D***, troisième édition. *A Paris, de l'imprimerie de Monsieur,* 1787, in-12, br.

613. L'Ancien Boulevard du Temple, par Aug. Challamel, avec deux eaux-fortes par Péquémont. *Paris, s. d.*, in-12, fig. br.

Papier de Hollande.

614. Histoire anecdotique des barrières de Paris, par Alfred Delvau, avec 10 eaux-fortes par Emile Thérond. *Paris, Dentu*, 1865, in-12, vignettes, br.

Papier de Hollande. Rare.

615. Histoire anecdotique des cafés et cabarets de Paris, par Alfred Delvau, avec dessins et eaux-fortes de G. Courbet, L. Flameng et F. Rops. *Paris, Dentu*, 1862, in-12, front. et vign. br.

Rare.

616. Les Dessous de Paris, par Alfred Delvau. *Paris, Poulet-Malassis*, 1860, in-12, br.

L'eau-forte de Flameng manque.

617. Paris en 1867. Notes et lettres manuscrites, par A.-P. Martial. *Paris, chez Cadart*, 1867, in-8, fig. et vign. en feuilles.

Ouvrage entièrement gravé.

618. Paris à l'eau-forte; actualité, curiosité, fantaisie. Septembre à décembre 1875. *Paris*, 1875, gr. in-8, front. et fig. br.

619. Paris qui s'en va et Paris qui s'en vient, par Léopold Flameng. *Paris, Cadart, s. d.*, in-4, titre gravé, fig. cart. toile, n. rog.

Ouvrage illustré de nombreuses eaux-fortes.

620. Au bord de la Bièvre, par Alfred Delvau. Impressions et souvenirs; nouvelle édition précédée d'une bibliographie des ouvrages de l'auteur. *Paris, Pincebourde*, 1873, in-12, br.

621. Les Carrosses à cinq sols ou les omnibus du dix-septième siècle (par J.-L.-N. Montmerqué). *Paris, imprimerie de Firmin-Didot*, 1828, in-12, br.

622. Blois et ses environs, troisième édition du guide historique dans le Blésois, revue, corrigée, augmentée et illustrée de 38 vignettes. *Paris, Aubry*, 1862, in-8, front. et vign. br.

Tiré à 100 exemplaires.

623. Lille en vers burlesques : les Embades du jour de l'an; les Mœurs des Lillois anciens et modernes; les Prome-

nades de l'esplanade. *Sur l'imprimé, à Lille, chez Vroye*, 1731, pet. in-8, demi-rel. mar. bleu, tête dor. n. rog.

Réimpression à petit nombre.

624. Le Journal de la comtesse de Sauzay, intérieur d'un château normand au XVIe siècle, par le comte H. de la Ferrière-Percy; nouvelle édition, augmentée de documents nouveaux. *Paris, A. Aubry*, 1859, in-12, mar. bleu, dos orné, fil. et milieux, tr. dor. (*David.*)

PAPIER DE CHINE, tiré à 6 exemplaires.

625. La Vision publique d'un très-épouvantable démon sur l'église de Quinpercorentin, en Bretagne, etc. *Paris, Abr. Saugrin*, 1620. (*Arras, impr. Rousseau-Leroy*), pet. in-8, br.

Réimpression à petit nombre.

626. Souvenirs de Jean Bouhier, président au parlement de Dijon, extraits d'un manuscrit original autographe inédit, etc. *Paris, s. l. n. d. Se vend chez tous les libraires*, in-12, br.

627. Ce qu'on apprenait aux foires de Troyes et de la Champagne au XIIIe siècle, suivi d'une notice historique sur les foires de la Champagne et de la Brie (par Alex. Assier). *Paris, Aug. Aubry*, 1858, in-8, demi-rel. dos et coins de mar. rouge, tête dor. éb. (*Capé.*)

Exemplaire offert au relieur Capé.

628. L'Accueil de madame de la Guiche, à Lyon, le lundy vingt-septiesme d'avril 1598; publié jouxte la copie imprimée à Lyon la même année, par M. P. Allut. *Lyon, Scheuring*, 1861, in-8, br.

Tiré à 100 exemplaires.

629. Célébrités lyonnaises. *Lyon, Alf.-L. Perrin*, 1873, in-12, br.

630. Recherche des antiquités et curiosités de la ville de Lyon, ancienne colonie des Romains et capitale de la Gaule celtique, par J. Spon; nouvelle édition. *Lyon, impr. de L. Perrin*, 1857, in-8, portr. et fig. cart. n. rog.

Edition imprimée au nom de la ville de Lyon.

631. Histoire véritable de ce qui s'est passé à Tholose en la mort du président Duranti, d'après deux relations contemporaines, précédée d'une étude sur la Ligue. *Toulouse, A. Abadie*, 1861, in-8, phot. mar. brun, milieux et fleurons, tr. dor. (*A. Abadie.*)

Papier vélin fort; tiré à 2 exemplaires.

632. Histoire tragique d'un jeune gentilhomme et d'une grand'dame de Narbonne. *Paris, Cl. Percheron*, 1611, in-8, br.

Réimpression à petit nombre.

633. Discours véritable d'un usurier de Remilly en Savoie, lequel s'est pendu et estranglé avec le licol de sa jument, le 16 may 1604; avec sa complainte en rime savoyarde. *S. l.*, 1604 (*Paris, impr. Ad. Lainé*), pet. in-8, br.

Réimpression à très-petit nombre.

IV. HISTOIRE ÉTRANGÈRE.

634. De Triumphe van Antverpen. *S. l. n. d.* (A la fin :) *Geprint Tantwerpen over Peeter Coecke van Delft geworen printere by Gillis van Dieft.* 1550, in-4, titre gravé et pl. veau.

Superbe exemplaire de ce beau livre.

635. Les Actions et Parolles mémorables de Philippe Second, roi d'Espagne, surnommé le Prudent, traduit de l'espagnol. *A Cologne, chez Pierre Marteau*, 1733, in-12, veau.

636. La Justification du prince d'Orange (Guillaume Ier de Nassau) contre les faulx blasmes que ses calumniateurs tâchent à lui imputer à tort. *S. l., imprimé au moys d'apvril, anno* 1568, pet. in-8, de 4 ff. et de 136 pp. mar. brun, fleurons et milieux, tr. dor. (*Capé.*)

Pièce fort rare.

637. Les Actes et Gestes merveilleux de la cité de Genève, etc., par Anthoine Froment, mis en lumière par Gustave Revilliod. *Genève, impr. J.-G. Fick*, 1854, in-8, fig. br.

Cet ouvrage a été supprimé avec tant de rigueur par le Conseil de Genève, que, paraît-il, aucun exemplaire n'a échappé à cette suppression. C'est donc sur le manuscrit autographe qu'a été faite cette nouvelle édition.

638. Annales de la cité de Genève, attribuées à Jean Savyon. *Genève, impr. J.-G. Fick*, 1858, in-8, cart. n. r.

639. Almanach pour l'an 1573. *Genève, Olivier Fordrin*, 1573 (*Fick*, 1866), in-12, br.

640. Notice sur le collège de Rive, par A.-E. Bétant, suivie de l'Ordre et manière d'enseigner en la ville de Genève. *Genève, impr. J.-G. Fick*, 1866, in-8, br.

641. Advis et Devis de l'ancienne et nouvelle police de Ge-

nève, suivis des Advis et Devis de noblesse et de ses offices ou degrez, etc., par Fr. Bonivard. *Genève, J.-G. Fick*, 1865, in-8, vélin.

642. Mémoires de Félix Platter, médecin bâlois. *Genève, impr. de J.-G. Fick*, 1862, in-8, fig. br.

643. La Vie de Thomas Platter, écrite par lui-même. *Genève, J.-G. Fick*, 1862, in-8, fig. br.

644. L'Embrasement du pont du Rhône à Genève, arrivé le XVIII de janvier 1640; deuxième édition. *A Genève, par J.-A. de Tournes, s. d.* (*J.-G. Fick*, 1860), in-8, fig. br.

645. Jost Alex, ou Histoire des souffrances d'un protestant fribourgeois de la fin du siècle, racontée par lui-même. *Genève, J.-G. Fick*, 1866, in-8, br.

646. La Cité de Bâle au XIVe siècle. *Genève, impr. J.-G. Fick*, 1863. in-8, br.

Tiré à petit nombre.

647. Fondation de l'Université de Bâle, notice par Édouard Fick. *Genève, impr. de J.-G. Fick*, 1863, in-8, br.

Tiré à 75 exemplaires.

648. La Guerre de Genève et sa délivrance, fidellement faite et composée par un marchant demeurant en icelle. *Genève, impr. Fick*, 1863, in-8, br.

Tiré à 75 exemplaires.

649. Cara Patria, échos italiens, par Mme Ratazzi. *Paris, Librairie des bibliophiles*, 1873, in-8, br.

Manque le portrait.

650. Estat de l'empire de Russie et grand-duché de Moscovie, auec ce qui s'y est passé de plus mémorable et tragique pendant le règne de quatre empereurs, etc., par le capitaine Margeret; nouvelle édition, précédée de deux lettres inédites de l'auteur, et d'une notice biographique et bibliographique, par Henry Chevreul. *A Paris, chez L. Potier*, 1860, in-12, br.

651. De la Démocratie en Amérique, par Alexis de Tocqueville; quatorzième édition. *Paris, Michel Lévy*, 1864, 3 vol. in-8, br.

V. NOBLESSE.

652. Nouvelle Méthode raisonnée du blason, ou l'Art héraldique du P. Menestrier, mise dans un meilleur ordre

et augmentée de toutes les connaissances relatives à cette science, par M. L*** (Lemoyne). *Lyon, P. Bruyset-Ponthus*, 1770, in-8, front. fig. et pl. veau.

De toutes les éditions qui ont été données de ce livre, celle-ci est la meilleure et la plus recherchée.

653. Dictionnaire historique des ordres de chevalerie créés chez les différents peuples, par H. Gourdon de Genouillac. *Paris, Dentu*, 1860, in-12, fig. col. br.

On y a ajouté le supplément publié en 1869.

654. Dictionnaire féodal, ou Recherches et anecdotes sur les dîmes et droits féodaux, les fiefs et les bénéfices, etc., par Collin de Plancy. *Paris, Foulon et Cie*, 1819, 2 tomes en 1 vol. in-8, demi-rel. v. bleu.

655. Recherches sur la vie et sur les Œuvres de P.-Claude-François Menestrier, suivies d'un recueil de lettres inédites de ce Père à Guichenon, etc., par M. Paul Allut. *Lyon, Scheuring*, 1856, in-8, portr. et fig. br.

Très-bon ouvrage.

656. Essai d'un nobiliaire lyonnais, par Valous. — Les Origines des familles consulaires. par Valous. — Le Domaine ordinaire des Lyonnais au commencement du XVIe siècle, par Valous. — Étienne Turquet et les Origines de la fabrique lyonnaise, par Valous. Ensemble 4 brochures in-8, broché.

657. Dictionnaire des familles qui ont fait modifier leurs noms, depuis 1803 jusqu'à 1867. *Paris, Bachelin-Deflorenne*, 1867, in-8, br.

658. Histoire généalogique de la maison de Rabutin, précédée d'une lettre à Mme de Sévigné, par le comte de Bussy. *Dijon, J.-E. Rabutot*, 1866, in-8, br.

VI. BIOGRAPHIE.

659. Les Vies des plus célèbres et anciens poëtes provençaux qui ont floury du temps des comtes de Provence, recueillies des Œuvres de divers autheurs nommez en la page suivante, qui les ont escrites et rédigées premièrement en langue provençale, et depuis mises en langue françoyse par Jehan de Nostre-Dame. *A Lyon, pour Alexander Marsilii*, 1575, in-8, veau fauve, tr. rouge. (*Rel. anc.*)

Superbe exemplaire ; livre rare.

660. Notes sur deux bibliophiles lyonnais. 1562-1867. — Re-

cherches sur Jean Grolier — Catalogue de la bibliothèque de M. N. Yemeniz, compte-rendu analytique par Raoul de Cazenave. *Lyon,* 1867, gr. in-8, br.

Extrait de la *Revue du Lyonnais.* Tiré à 100 exemplaires.

661. Étude biographique et bibliographique sur Symphorien Champier, par M. P. Allut. *Lyon, Scheuring,* 1859, in-8, portr. et fig. cart. n. r.

662. Bonaventure Desperiers, Cirano de Bergerac, par Ch. Nodier. *Paris, librairie de J. Techener,* 1841, in-8, demi-rel. dos et coins de mar. rouge, tête dor. éb.

663. Vie de Rancé, par le vicomte de Chateaubriand. *Paris, H. Delloye, s. d.,* in-8, br.

664. André Boulle l'ébéniste, par Jules Périn. *Paris, Aubry,* 1867, in-8 de 19 pp. br.

Tiré à 100 exemplaires.

665. Étude sur Mirabeau, par Victor Hugo. *Paris, Adolphe Guyot et U. Canel,* 1834, in-8, br.

ÉDITION ORIGINALE.

666. Œuvres de Mérard Saint-Just. — Éloge historique de Jean-Sylvain Bailly, au nom de la république des lettres, par une société de gens de lettres; suivi de notes et de quelques pièces en prose et en vers. *Londres, dans le Strand, chez S.-P. Richistad-Stumear,* 1794, in-12, demi-rel. dos et coins de mar. bleu, n. r.

Édition tirée à 25 exemplaires.

667. Madame Malibran, par la comtesse Merlin. *Bruxelles,* 1838, 2 vol. in-12, br.

668. Eugène Delacroix et son œuvre, avec des gravures en fac-simile, des planches originales les plus rares, par Ad. Moreau. *Paris, Acad. des bibliophiles,* 1873, in-8, portr. et fig. br.

PAPIER WHATMAN.

669. George Sand, par le comte Théobald Walsh, auteur du Voyage en Suisse. *Paris, Hivert,* 1837, in-8, demi-rel. veau bleu.

VII. BIBLIOGRAPHIE.

670. Les Oubliés et les Dédaignés, figures littéraires de la fin du XVIIIe siècle. *Alençon, Poulet-Malassis et de Broise,* 1857, 2 vol. in-12, br.

Rare.

671. Essai sur la vie et les ouvrages de Gabriel Peignot, accompagné de pièces de vers inédites, par J. Simonet. *Paris, A. Aubry*, 1863, in-8, br.

PAPIER VERGÉ, tiré à 50 exemplaires.

672. Portraits contemporains : littérateurs, peintres, sculpteurs, artistes dramatiques, par Théophile Gautier. *Paris, Charpentier*, 1874, in-12, portr., br.

PAPIER DE HOLLANDE, très-rare. Portrait de Théophile Gautier.

673. Le Comte Gaston de Raousset-Boulbon, sa vie et ses aventures, d'après ses papiers et sa correspondance, par Henri de la Madelène. 2e édition. *Paris, Poulet-Malassis et de Broise,* 1859, in-12, br.

Rare.

674. William Shakespeare (par Victor Hugo). *Paris, A. Lacroix*, 1864, in-8, br.

ÉDITION ORIGINALE.

675. Albert Dürer à Venise et dans les Pays-Bas, autobiographie, etc., traduit de l'allemand, avec des notes et une introduction, par Charles Narrey. Ouvrage orné de 27 gravures sur papier de Chine. *Paris, Ve J. Renouard,* 1866, in-4, br.

676. Jean Kessler, chroniqueur Saint-Gallois, notice par Édouard Fick. *Genève, Jules Fick,* 1860, in-8, br.

677. Lettres trouvées, pages historiques sur un épisode de la vie de Jean Diodati. *Genève, impr. J.-G. Fick,* 1864, in-12, br.

Réimpression à 100 exemplaires.

678. Deux Visites à Nicolas de Fluc, relations de Jean de Waldheim et d'Albert de Bonstetten, traduites par Édouard Fick. *S. l. n. d.* (*Genève, impr. J.-G. Fick*, 1864), pet. in-8, br.

679. LA FRANCE LITTÉRAIRE, ou Dictionnaire bibliographique des savants, historiens et gens de lettres qui ont écrit en français plus particulièrement pendant les XVIIIe et XIXe siècles, par J.-M. Quérard. *Paris, Didot,* 1842-64, 12 vol. in-8. — La Littérature française contemporaine, 1827-1840, continuation de la France littéraire, par J.-M. Quérard. *Paris, Daguin*, 1840-57, 6 vol. in-8. Ensemble, 18 vol. in-8, br.

Exemplaire en GRAND PAPIER, à l'exception des tomes XI et XII, qui, ayant été publiés longtemps après les autres, sont en papier ordinaire.

680. La France littéraire au xve siècle, ou Catalogue raisonné des ouvrages en tous genres imprimés en langue française jusqu'en l'an 1500, par Gustave Brunet. *Paris, Franck,* 1865, in-8, br.

PAPIER DE CHINE, tiré à deux exemplaires.

681. Dictionnaire des pseudonymes, par Georges d'Heilly. *Paris, Rouquette,* 1868, in-12, br.

PAPIER WHATMAN, tiré à 20 exemplaires.

682. Bibliothèque françoise, ou Histoire de la littérature françoise, dans laquelle on montre l'utilité que l'on peut retirer des livres publiés en françois, etc., par M. l'abbé Gouget. *Paris, P.-J. Mariette,* 1740-1756, 18 vol. in-12, veau.

Superbe exemplaire de ce bon livre, que l'on consulte toujours avec fruit et qui n'a jamais été remplacé.

683. Manuel du bibliophile, ou Traité du choix des livres, contenant des développements sur la nature des ouvrages les plus propres à former une collection précieuse, etc., par Gabriel Peignot. *A Dijon, chez Victor Lagier,* 1823, 2 vol. in-8, br.

684. Bibliographie historique et topographique de la France, ou Catalogue des ouvrages imprimés en français depuis le xve siècle jusqu'au mois d'avril 1845, etc., par A. Girault de Saint-Fargeau. *Paris, F. Didot,* 1845, in-8, br.

685. Essais bibliographiques sur deux ouvrages intitulés : De l'utilité de la flagellation, par J.-H. Meibomius, et Traité du fouet, par F.-A. Doppet. *Paris, H. Vaton,* 1875, in-12, front., br.

686. Bibliographie des ouvrages relatifs à l'amour, aux femmes, au mariage, contenant les titres détaillés de ces ouvrages, les noms d'auteurs, etc. *Paris, chez J. Gay,* 1864, in-8, demi-rel. dos et coins de mar. bleu, tête dor. éb. (*Allô.*)

687. Le Livre et la Petite Bibliothèque d'amateur, essai de critique, d'histoire et de philosophie morale sur l'amour des livres, par M. Gustave Mouravit. *Paris, Aubry,* 1869, in-8, br.

688. Un Document inédit sur Antoine Vérard, libraire et imprimeur; renseignements sur le prix des reliures, des miniatures, etc., par Ed. Sénomand. *Angoulême,* 1859, in-8, br.

689. Les Gazettes de Hollande et de la presse clandestine

aux XVIIe et XVIIIe siècles, par Eug. Hatin, eau-forte de Ulm. *Paris, Pincebourde*, 1865, in-8, portr., br.

GRAND PAPIER DE HOLLANDE, tiré à 100 exemplaires.

690. Histoire politique et littéraire de la presse en France, avec une introduction historique sur les origines du journal et la bibliographie générale des journaux, depuis leur origine, par Eug. Hatin. *Paris, Poulet-Malassis et de Broise*, 1859-1861, 8 vol. in-8, demi-rel. mar. rouge. tête dor. éb,

691. Histoire des livres populaires ou de la littérature du colportage, etc., par Charles Nisard ; deuxième édition, revue, corrigée et considérablement augmentée. *Paris, Dentu*, 1864, 2 vol. in-12, fig., br.

692. Livres populaires imprimés à Troyes de 1600 à 1800, ouvrage orné de 120 gravures tirées avec les bois originaux, par Alex. Soccard. *Paris, Aubry*, 1864, in 8, fig., br.

693. Livres populaires, Noëls et Cantiques imprimés à Troyes depuis le XVIIe siècle jusqu'à nos jours, ouvrage orné de 20 gravures originales, etc., par Alexis Soccard. *Paris, Aubry*, 1865, in-8, fig., br.

694. Livres liturgiques du diocèse de Troyes imprimés au XVe et au XVIe siècle, ouvrage orné de 86 gravures originales par Alexis Soccard et Alexandre Assier. *Paris, Aubry*, 1863. in-8, fig., br.

695. Bibliographie des ouvrages relatifs à l'Afrique et à l'Arabie, catalogue méthodique de tous les ouvrages français et des principaux en langues étrangères traitant de la géographie, de l'histoire, du commerce, des lettres et des arts de l'Afrique et de l'Arabie, par Jean Gay. *Paris, Maisonneuve*, 1875, in-8, br.

696. Petite Bibliothèque choisie et classée méthodiquement, ou catalogue raisonné d'ouvrages dans tous les genres propres à composer une collection précieuse, peu volumineuse (par Gabr. Peignot). *Paris, Villier*, 1800, in-8, demi-rel. veau.

697. Table alphabétique des auteurs et personnages cités dans les mémoires secrets pour servir à l'histoire de la république des lettres en France, rédigées par Bachaumont. *Bruxelles, A. Mertens et fils*, 1866, in-12, br.

Papier de Hollande.

698. Catalogue d'un marchand-libraire du XVe siècle, tenant

boutique à Tours, publié par le Dr Ach. Cheveau. *Paris, Acad. des bibliophiles*, 1868, in-12, br.

699. Opuscules de Gabriel Peignot, extraits de divers journaux, revues, recueils littéraires, etc., dont il n'a été fait aucun tirage à part, avec une introduction par Ph. Milsand. *Paris, J. Techener*, 1863, in-8, portr., br.

Un portrait à l'eau-forte de Gabr. Peignot, par Ed. Hédouin.

700. Catalogus librorum officinæ Danielis Elsevirii. *Amstelodami*, 1681, in-12, br.

Réimpression faite par F. Didot, en 1823, et tirée à 100 exemplaires.

701. Guide de l'amateur de livres à vignettes du XVIIIe siècle; seconde édition, revue, corrigée et augmentée, etc., par Henry Cohen. *Paris, chez Rouquette*, 1873, in-8. frontisp. br.

On a ajouté à cet exemplaire la préface de la première édition.

702. Une Société caennaise au XVIIIe siècle et les écrits qu'elle a inspirés. *En Prusse, l'année scatologique*, 5859, (*Paris, Claudin*, 1859), in-8, de 8 ff. br.

Tiré a 60 exemplaires.

703. Catalogue complet des Républiques imprimées en Hollande, in-24, avec des remarques, par de la Faye. *Paris, L. Potier*, 1854, in-12, br.

704. Gazette bibliographique, année 1865-69. *Paris, Alph. Lemerre*, 1869, in-12, br.

705. Destruction de la fortune mobilière en France par le monopole de l'hôtel des ventes, par V.-C. Préseau. *Paris, Richard-Berthier*, 1875, in-12, br.

706. Les Subtilités de la librairie parisienne. La Bande noire et la révision. Question de probité commerciale entre un libraire de Paris et un libraire de la province. *Versailles, Roustan*, 1864, in-8, cart. n. r.

707. Catalogue des livres manuscrits et imprimés composant la bibliothèque de M. Armand Cigongne, précédé d'une notice bibliographique, par Le Roux de Lincy. *Paris, chez L. Potier*, 1861, gr. in-8, br.

708. Catalogue de livres rares et précieux et de la plus belle condition, composant la bibliothèque de M. G. de Pixerécourt. *Paris, Crozet*, 1838, in-8, cart. toile.

Avec les prix d'adjudication manuscrits.

709. Catalogue d'une partie de livres rares, singuliers et

précieux, dépendant de la bibliothèque de M. Charles Nodier. *Paris, Merlin,* 1827, in-8, br.

Avec les prix manuscrits.

710. Catalogue des livres curieux, rares et précieux, plusieurs sur peau de vélin et sur papier de Chine, etc., composant la bibliothèque de M. Ch. Nodier. *Paris, Merlin,* 1829, in-8, br.

Intéressant catalogue, avec les prix manuscrits.

711. Catalogue des livres composant la bibliothèque de Mlle Rachel. *Paris, Aubry,* 1858, in-8, demi-rel. dos et coins de mar. brun, tête dor. éb. (*Raparlier.*)

Avec les prix manuscrits.

712. Mes Livres, 1864-74 (par Ern.-Quentin Bauchart). *Paris, Morgand et Fatout,* 1877, in-12, br.

Tiré à 100 exemplaires. Épuisé.

713. Catalogue des dessins et estampes composant la collection de M. Ambr. Firm.-Didot. *Paris,* 1877, in-8, br.

714. Catalogue de livres anciens et modernes, rares et curieux, de la librairie Aug. Fontaine, précédé d'une notice par M. P. L. Jacob. *Paris, Auguste Fontaine,* 1874-75, 1877, gr. in-8, br.

715. L'Autographe. Prélats, souverains, etc., poètes, sculpteurs, etc. *Paris,* 1865, gr. in-4, obl. rel. chagr. rouge, tr. dor.

---

716. Sous ce numéro, on vendra quelques ouvrages en lots.

ORDRE DES VACATIONS.

Première vacation. — *Mercredi 4 Juin 1879.*

Nos 1 à 184.

Deuxième vacation. — *Jeudi 5 Juin.*

Nos 185 à 358.

Troisième vacation. — *Vendredi 6 Juin.*

Nos 359 à 527.

Quatrième vacation. — *Samedi 7 Juin.*

Nos 528 à 716.

Lots.

Paris. — Typ. G. Chamerot, rue des Saints-Pères, 19, — 8018.

www.ingramcontent.com/pod-product-compliance
Ingram Content Group UK Ltd.
Pitfield, Milton Keynes, MK11 3LW, UK
UKHW020346180726
13839UKWH00002B/938